NAME: Justus Jonas
FUNKTION: Erster Detektiv
FRAGEZEICHENFARBE: weiß
BESONDERE MERKMALE: das Superhirn der d
Meister der Analyse und Wortakrobatik; erstaunlich schneller Schwimmer; zu Hause auf dem Schrottplatz von Tante Mathilda und Onkel Titus; zupft beim Nachdenken an seiner Unterlippe
IST FAN VON: Tante Mathildas Kirschkuchen und Denksport aller Art

NAME: Peter Shaw
FUNKTION: Zweiter Detektiv
FRAGEZEICHENFARBE: blau
BESONDERE MERKMALE: für körperliche Herausforderungen immer zu haben, dafür kein Ass in der Schule; großer Tierfreund; Spezialist für Schlösser aller Art, die seinem Dietrichset einfach nicht standhalten können; neigt zu Vorsicht und Aberglauben
IST FAN VON: schnellen Autos (insbesondere seinem MG), der südkalifornischen Sonne, so ziemlich jeder Sportart

Die drei ???

Die drei ???
und der Geisterbunker

erzählt von Ben Nevis

Kosmos

Umschlagillustration von Silvia Christoph, Berlin
Umschlaggestaltung von eStudio Calamar, Girona, auf der Grundlage der Gestaltung von Aiga Rasch (9. Juli 1941 – 24. Dezember 2009)

Unser gesamtes lieferbares Programm und viele weitere Informationen zu unseren Büchern, Spielen, Experimentierkästen, Autoren und Aktivitäten findest du unter **kosmos.de**

MIX
Papier aus verantwortungsvollen Quellen
FSC® C014496
FSC
www.fsc.org

Gedruckt auf chlorfrei gebleichtem Papier

Based on characters by Robert Arthur.

ISBN 978-3-440-16681-9
Redaktion: Anne Pagel
Lektorat: Nina Schiefelbein
Produktion, Layout und Satz: DOPPELPUNKT, Stuttgart
Druck und Bindung: GGP Media GmbH, Pößneck
Printed in Germany / Imprimé en Allemagne

Die drei ???
und der Geisterbunker

Die Falle

Justus Jonas zog seinen Freund Peter Shaw tief zu sich hinter die Mülltonne. »Da vorne …«, flüsterte er so leise, dass Peter es gerade noch vernahm, »da schleicht sich jemand an!«
Peter starrte auf die nächtliche Straße. Dummerweise sah er nichts. Es war dunkel und nur ab und zu schuf eine Straßenlaterne eine kleine Lichtinsel unter sich. Doch, tatsächlich: War da nicht ein Schatten, der sich eng an die Autos gedrückt langsam näherte? Geradewegs auf den silberfarbenen Mercedes zu, der nur wenige Meter weiter rechts von ihnen am Straßenrand parkte. Ein wunderschönes altes Auto, schwach beschienen von der Laterne, die darüber im Wind sanft an einer Oberleitung hin und her wippte.
»Tatsächlich!«, flüsterte Peter. »Hoffentlich sieht er uns nicht.«
Die Papiertüte in Justus' Hand knisterte. Mit tiefen Zügen blies der Erste Detektiv der drei ??? sie auf.
»Er wird uns zwar nicht sehen, aber hören, wenn ihr so weitermacht«, sagte Bob Andrews leise. Mit seinem Handy in der Hand kauerte er ein Stück weiter hinter einem Zierstrauch. »Achtung: Gleich gilt Code sieben!«
Sie schwiegen und spannten die Muskeln an. Ein Mann schälte sich aus dem Schatten heraus, eine schwarze Kapuze tief ins Gesicht gezogen. Etwas blitzte in seiner Hand auf: ein Messer!
»Der Reifenstecher!«, entfuhr es Peter.
Die drei Detektive beobachteten, wie sich der Mann umblickte und auch kurz in ihre Richtung sah. Doch offenbar bemerk-

te er die Jungen nicht. In einer schnellen Bewegung kauerte er sich neben das Heck des Mercedes. Die Hand mit dem Messer holte zum Stich aus.

»Code sieben«, stieß Bob hervor. Fast im gleichen Moment sprangen die drei Freunde auf.

»Halt!« Justus trat aus seinem Versteck. Der Mann war nur wenige Meter entfernt. Doch weit genug, dass er noch fliehen konnte. »Sie sind der Reifenstecher von Rocky Beach!«, rief der Erste Detektiv. »Der Attentäter, der es auf schöne alte Autos abgesehen hat. Ergeben Sie sich, Sie sind überführt!«

Der Mann hatte seine Bewegung unterbrochen und sich herumgedreht.

Auch Peter und Bob kamen nun aus ihrem Versteck hervor. Kurz befürchteten die drei ???, dass der Reifenstecher sie angreifen würde. Schließlich hatte er ein Messer! Doch er erkannte seine Chance zur Flucht, sprang auf und sprintete los. Die drei ??? rannten hinterher. Der Kerl war schnell, sodass Justus schon nach wenigen Metern den Anschluss verlor. Auch Bob stoppte ab, nur Peter konnte mithalten. Doch er gab nicht sein Äußerstes und hielt Abstand. Gleich würde der Flüchtende die nächste Kreuzung erreichen.

»Stehen bleiben!«, brüllte Justus und ließ die aufgeblasene Papiertüte knallen. Es klang wie ein Schuss.

Der Mann wandte sich kurz um und wollte dann weiterrennen. In dem Moment preschte ein Streifenwagen auf die Straße. Zwei Polizisten sprangen heraus. Mit geübten Griffen entwanden sie dem Flüchtenden das Messer und rangen ihn zu Boden. Der Mann fluchte lautstark.

»Gut gemacht«, sagte Officer Brown, einer der Polizisten,

wenige Momente später. Der Reifenstecher, ein etwa vierzigjähriger Mann mit bleichem Gesicht, saß mit Handschellen im Polizeiwagen. »Den Ganoven haben wir schon lange gesucht! Er hat tatsächlich eine Vorliebe für schöne alte Autos. Eure Falle ist hervorragend zugeschnappt!«

»Sogar der Mercedes, den Onkel Titus aufmöbeln soll, ist unversehrt geblieben«, sagte Justus stolz. »Und das Timing war hervorragend: Sie haben genau im richtigen Moment die Kreuzung blockiert.«

»Dank Code sieben plus 20 Sekunden«, sagte Officer Brown und zeigte auf das Display seines Handys. »Und was bedeutet bei euch Code sechs?«

»Warten«, sagte Peter trocken.

Officer Brown lachte. »Inspektor Cotta wäre stolz auf euch. Ihr seid eine wirklich gute Hilfstruppe.«

Justus hatte genau zugehört. »Wieso *wäre*?«, fragte er nach. »Ist Inspektor Cotta nicht vor Ort?«

Der Officer schüttelte den Kopf. »Nein. Heute Nachmittag hat er sich auf eine mehrwöchige … Fortbildung verabschiedet. Nun …«, er überlegte kurz, »sagen wir besser: eine Pause. Er hat kurzfristig einen Platz für eine Erholungskur bekommen. Die letzten Jahre waren wohl etwas anstrengend.«

»Das hätte er uns ruhig mitteilen können«, sagte Justus ein wenig beleidigt.

»Er wollte euch kurz vor der Aktion nicht irritieren«, antwortete der Officer. »Er vertraut mir. Und es hat ja auch geklappt! Ich weiß nur nicht, ob seine Vertretung begeistert davon sein wird, dass so junge Detektive der Polizei von Rocky Beach unter die Arme greifen. Das ist schon etwas ungewöhnlich …«

»Eine Vertretung, sagen Sie? Wer ist es?«, fragte Bob nach.
»Kommissarin Lisa Merryweather«, sagte Brown und rollte vielsagend mit den Augen. »Seit ein paar Tagen auf unserer Station. Direkt aus Los Angeles. Sie soll wohl mal für ein paar Wochen in einer anderen Umgebung ›frische Luft schnuppern‹. Ich finde sie ein wenig …« Er stockte.
»Eingebildet?«, half Justus nach.
»Das wäre nicht ganz das richtige Wort. Sie ist eher … nicht ganz ausgefüllt. Gelangweilt. Sie sagt, sie sei anderes gewohnt, als sich um ausgebüxte Katzen und verlorene Hausschlüssel in einem verschlafenen provinziellen Fischerdörfchen zu kümmern.«
»Sie hat unseren stolzen Heimatort Rocky Beach als ein verschlafenes provinzielles Fischerdörfchen bezeichnet?«, fragte Justus empört.
Der Polizist nickte. »So in etwa drückte sie sich aus. Sie scheint nicht viel von uns zu halten. Den Einsatz mit dem Reifenstecher hat sie sofort an mich delegiert. Zu uninteressant. Und wenn sie dann noch mitbekommt, dass wir von ein paar Jugendlichen unterstützt werden …«
»… dann fühlt sie sich von den Mord- und Drogendramen aus L.A. in eine Kleinkindkrimiserie versetzt«, führte Justus den Gedanken zu Ende.
»So ähnlich, ja. Aber nun bringe ich lieber mal unseren heutigen Fang auf die Wache. Immerhin ein Reifenstecher, nach dem wir schon sehr lange fahnden!«
»Stets gern zu Diensten«, sagte Justus. Dann verabschiedeten sich die Jungen und machten sich auf den Weg ins Bett.

Am nächsten Morgen trafen sich die drei ??? in ihrer Zentrale. Die Zentrale war das Büro der Detektive und befand sich in einem alten, verbeulten Campinganhänger, der – versteckt unter viel Gerümpel – auf dem Gelände des Gebrauchtwarencenters T. Jonas stand, wo Justus seit dem Tod seiner Eltern vor vielen Jahren bei seiner Tante Mathilda und seinem Onkel Titus lebte.
Trotz ihres nächtlichen Erfolgs war die Stimmung unter den drei Detektiven nicht die beste. Die Aktion mit der Falle für den Reifenstecher war zwar eine nette kurze Abwechslung gewesen. Zu lange aber warteten die Jungen schon auf einen richtigen Fall, auf ein Verbrechen mit Rätseln und Geheimnissen, seltsamen Personen und vielleicht sogar gruseligen Erlebnissen. Dafür konnte die Festnahme nicht entschädigen.
In weniger als fünf Minuten hatte Bob alle relevanten Details des kurzen Vorfalls für ihr Aktenarchiv festgehalten und das Blatt Papier nicht wie gewohnt in die Abteilung *Fälle,* sondern nebendran in *Sonstiges* versenkt. Dann öffnete er eine Wasserflasche und trank einen Schluck.
Peter zwinkerte ihm zu und nickte in Richtung Justus.
Bereits seit Minuten starrte der Erste Detektiv gedankenversunken auf das Telefon, als ob er dadurch einen neuen Auftrag herbeimeditieren könnte.
Da klingelte es tatsächlich.
Justus schrak hoch. Das zweite Klingeln war noch nicht verklungen, da hatte er schon den Hörer in der Hand. »Justus Jonas von den drei Detektiven.« Mit der anderen Hand schaltete der Erste Detektiv den Verstärker an, sodass seine Freunde mithören konnten.

»Officer Brown hier.«

»Ach, Sie sind es«, sagte Justus enttäuscht, »Sie haben wohl noch Fragen zu gestern Abend?«

»Ja. Also, nein. Kommissarin Merryweather möchte euch sprechen!«

Hörbar ließ Justus Luft aus. »Ich verstehe. Ihre zeitweilige Kollegin möchte das junge dynamische Detektivteam kennenlernen, das der Polizei unter die Arme greift«, stellte er fest. »Ich ahne schon, was folgen wird. Nämlich ein Vortrag zum Thema *Einmischen in die Polizeiarbeit*. Abschließend gekrönt von dem Hinweis *Lernt lieber für die Schule.*«

»Vermutlich triffst du den Kern«, sagte Officer Brown. »Genau hat sie es nicht erläutert. Sie war in erster Linie mit dem Wegwischen eines Kaffeeflecks beschäftigt.«

»Hat das Treffen Zeit bis nächsten Monat?«, fragte Justus hoffnungsvoll.

»Oder vielleicht auch bis übernächsten?«, setzte Bob von hinten nach.

Der Officer lachte. »Sie dachte eher an gleich. Jetzt. Sofort!«

Neue Fälle stapelweise

Justus stöhnte auf und sagte: »Okay, Officer Brown, bringen wir es hinter uns. Wir haben gerade sowieso eine Flaute. In zwanzig Minuten sind wir da.« Gereizt legte er auf. »Das hat mir gerade noch gefehlt. Eine überhebliche Polizistin, die uns die Leviten liest und uns unsere Arbeit verbieten will.«

»Das wissen wir doch noch gar nicht«, wandte Bob ein.

Justus schüttelte den Kopf. »Was denn sonst? Wir kennen doch die Leier: *Das ist alles Polizeiarbeit* und *Ihr seid ja fast noch Kinder. Haltet euch da raus!* Ich bin es leid, die Leute immer wieder von unserer Qualität überzeugen zu müssen.«

»Wir haben gerade sowieso keinen Fall«, sagte Peter. »Vielleicht können wir die Schreckschraube irgendwie freundlich stimmen. Mit einem Blumenstrauß oder so.«

»Ah, der Charmeur«, bemerkte Justus patzig.

Doch Bob unterstützte Peter. »Ich finde es eine gute Idee. Möglicherweise ziehen wir sie damit auf unsere Seite und sie übergibt uns sogar einen Fall!«

»Träumer«, murmelte Justus, fügte dann aber hinzu: »Und wo bekommen wir so schnell Blumen her?«

»Deine Tante Mathilda hat doch in eurem Wohnzimmer ...«

»Die sind zwei Wochen alt.«

»Auf dem Weg zum Revier gibt es einen Blumenladen ...«

»Auch noch Geld ausgeben?« Justus überlegte. Dann lächelte er. »Onkel Titus hat letztens so eine kitschige Vase gekauft! Zehn Dollar hat er dafür gegeben – neun zu viel, wie Tante Mathilda geschimpft hat. Das Ding wird er sowieso nicht los.

Wir geben ihm zwei Dollar, stecken eine Blume rein … Das kommt uns auf jeden Fall billiger.«

Die drei verließen die Zentrale und Justus kramte die Vase hervor. Er wickelte grob etwas Packpapier drum herum, knickte im Vorgarten eine Heckenrose ab, dann radelten die Jungen lustlos zur Polizeistation von Rocky Beach.

Officer Brown führte sie in das Büro von Inspektor Cotta. Hinter dessen Schreibtisch erwartete sie nun nicht der mitunter etwas launische, aber ihnen sehr wohlgesinnte Polizist, sondern eine sportliche blonde Frau Mitte vierzig. Sie war gerade dabei, auf der Tischoberfläche eine leicht abgegriffene Schminkschatulle hin und her zu schieben, unschlüssig, wo sie sie am besten platzieren sollte. Aus einem kleinen portablen Lautsprecher klang Oldie-Musik und ihr rechter Fuß wippte im Rhythmus so heftig mit, dass der rote Stöckelschuh fast zu Boden fiel. Sie sah auf und warf ihre Haare zurück. »Ah, da seid ihr ja!«

»Tag«, sagte Bob.

»Hallo.«

»Hi.«

So hatten sich die drei ??? Cottas Vertretung nicht vorgestellt. Ihren Erwartungen an eine Schreckschraube entsprach Lisa Merryweather nur bedingt. In ihrem altmodischen, bunten Kleid wirkte sie wie eine schräge, vielleicht sogar ganz witzige Einzelgängerin, die eine Aura der Unantastbarkeit umgab.

Die Kommissarin warf Officer Brown, der neugierig in der Tür wartete, eine Handbewegung zu. »Das wär's, Brown!«

»Äh, ja. Ich gehe dann mal«, sagte der Officer zögernd. Offenbar war er neugierig, was seine Vorgesetzte zu sagen hatte.

Die wartete jedoch geduldig ab, bis er im Flur verschwunden war. »Ihr seid also diese Fragezeichen«, eröffnete die Polizistin dann das Gespräch und deutete auf den Stuhl, der vor ihrem Schreibtisch stand. »Ihr könnt euch setzen.« Sie bemerkte, dass das bei drei Personen schwierig werden würde. »Also, zumindest einer von euch. Ist jemand der Chef?«

»Wir stehen lieber«, sagte Justus.

»Auch recht.« Lisa Merryweather ließ ihren Blick über die Jungen schweifen. Ihre Miene verriet nichts. Dann fiel ihr Blick auf das seltsame Päckchen, das unter Justus' Arm klemmte. »Ist das für mich?«

»Äh, ja.« Justus überreichte ihr das Geschenk. »Wir dachten, wir können Ihnen damit eine kleine Freude bereiten. Willkommen in Rocky Beach!«

Kommissarin Merryweather nahm das Päckchen entgegen. »Wie liebevoll verpackt«, sagte sie und die drei ??? waren nicht ganz sicher, wie sie das meinte. Gleich darauf hielt sie die unförmige pinkfarbene Vase, auf die ein rotes Herz gemalt war, vor sich. »Was für ein ausgefallener Geschmack!«

»Das gehört da eigentlich noch rein.« Justus zog die Hand hinter dem Rücken hervor und steckte die von der Fahrt etwas schlaff gewordene Blume in die Öffnung.

Mrs Merryweather verzog das Gesicht. »Habt ihr ein schlechtes Gewissen? Wegen gestern Abend? Kinder im Einsatz?«

»Inspektor Cotta hat uns das erlaubt«, fing Bob an. »Wir helfen der Polizei hin und wieder. Keine großen Sachen. So eine Geschichte wie gestern Nacht, das war schon richtig gefährlich! So etwas trauen wir uns normalerweise nicht. Nicht, dass Sie falsch von uns denken.«

»Eher entlaufene Katzen und so«, sagte Peter. »Verlorene Haustürschlüssel.«

»Grundsätzlich sind wir weit davon entfernt, uns in die relevante Polizeiarbeit einzumischen«, ergänzte Justus.

Ein Strahlen lief über Lisa Merryweathers Gesicht. »Sehr gut! Genau solche Leute suche ich. Dann hat mir Inspektor Cotta nicht zu viel versprochen.« Sie deutete auf einen Stapel von Zetteln. »Entführte Hunde, entflogene Papageien und am Hafen eine Fischereikiste, aus der angeblich ein Fisch fehlt. Des Weiteren Beschwerden über die Eisdiele, die zu spät geöffnet hat. Und irgendein Mr Porter ruft dauernd an, weil Sachen in seinem Laden geklaut werden. Nur um sich fünf Minuten später erneut zu melden, dass sie von selbst wieder aufgetaucht seien.« Sie griff sich den ganzen Stapel. »Dies und noch viel mehr. Das könnt ihr alles haben! Fangt sofort damit an. Das mag ja ganz süß sein, hier in eurem kleinen Nest, aber ich möchte mich mit so etwas nicht beschäftigen. Ich komme aus Los Angeles, meine Herren, da geht es um Mord und Totschlag, Banküberfälle und millionenschwere Entführungen. Das ist meine Welt! Gerade erst habe ich einen Weltklassedieb überführt. Also? Übernehmt ihr?«

»Äh«, sagte Justus, »es gibt auf der Wache doch noch weitere Polizisten, denen Sie …«

»Soll ich die mit so einem Zeug belasten? Nein, wir müssen uns um die richtigen Fälle kümmern!«

»Haben Sie … denn welche? Ich dachte –«

Die Kommissarin grinste. »Das Telefon kann jeden Moment klingeln.« Sie wedelte mit den Papieren. »Also, greift zu!«

»Ich weiß nicht«, sagte Justus.

»Inspektor Cotta erzählte mir, ihr übernehmt jeden Fall. Dies sind mehr als zehn – schon überfordert?«
»N...nein«, stotterte Justus und suchte nach Worten. Er griff nach dem Stapel und begann zu blättern. »Die Katze von Mrs Wonderday. Die lief heute bei uns über den Schrottplatz, weit kann sie nicht sein. Den Fisch dürfte Rubbish George verspeist haben, unser Stadtstreicher. Er wohnt auf einem Boot im Hafen. Das mit der Eisdiele, das ist nur dieser nörgelige Mr Smith, der sich ständig über alles beschwert. Mr Porter hat sich von selbst erledigt und all die anderen Dinge ... Nein, wirklich, das können Sie uns nicht antun, Mrs Merrywater.«
»Merryweather!«
»Entschuldigung, natürlich. Merryweather.«
»Aber ihr seid doch Detektive? Ihr habt sogar so etwas wie eine Visitenkarte?«
Justus überreichte sie ihr wortlos.

»Na also. Ihr seid genau die Richtigen! Aber wenn ihr nicht wollt ...« Sie fuhr sich mit der Hand durch die Haare. »Da wäre dann auch noch die Beschwerde über euch.«

»Be...schwerde?«

»Ja. Be-schwer-de. Ein gewisser Skinny Norris hat euch wegen nächtlicher Ruhestörung angezeigt. Gestern Abend habt ihr grölend und randalierend sein Grundstück geentert!«

»Wir ...? Gestern? Skinny Norris? Mrs Merryweather, der ... der will uns doch nur was anhängen«, stammelte Peter und kam in Fahrt. »Das ist wirklich die größte Unverschämtheit, die Sie sich vorstellen können! Bei der Beschattung des Reifenstechers mussten wir kurz seinen Vorgarten betreten ...«

»Also doch!«

»... um den Weg abzukürzen. Nur ein paar Meter. Und wir waren mucksmäuschenstill! Schließlich durfte der Mann uns nicht hören.«

Die Kommissarin wiegte den Kopf hin und her. »Ich muss dieser Beschwerde leider pflichtgemäß nachgehen«, sagte sie, »und zwar unvoreingenommen. Ihr wart auf seinem Grundstück und es steht Aussage gegen Aussage, was den Lärm betrifft. Es besteht ... allerdings die Möglichkeit, dass die Eingabe irgendwie ... plötzlich unauffindbar ist.«

»Und unter welchen Bedingungen besteht diese Möglichkeit?«

»Ihr übernehmt diese Fälle. Und zwar ohne Wenn und Aber!«

Justus holte Luft. »Das ist Erpr...«

»Ja? Erpressung, wolltest du sagen? Ich würde es eher als eine freundliche Unterstützung beiderseits bezeichnen. Ihr kennt euch doch aus in dieser Gegend. Für euch ist das alles ruckzuck erledigt. Und jetzt muss ich euch bitten zu gehen, ich habe zu tun.« Sie wedelte mit der Hand Richtung Tür. »Ach, eins noch: Wenn ihr euch um den Brief von dieser Frau kümmert,

die an irgend so einem Bunker draußen an der Küste Geisterstimmen hört, dann richtet ihr einen Gruß von mir aus: Ich lege keinen Wert auf Zeitungsberichte.«
»Zeitungsberichte. Natürlich«, sagte Justus irritiert und klemmte sich den Stapel unter den Arm.
»Geisterstimmen!« Die Kommissarin lachte auf. »Als ob ich nichts Besseres zu tun hätte.«
»Sie glauben nicht an Spuk und Geister?«, fragte Peter nach.
»Natürlich nicht. Ich bin Polizistin!«
»So haben wir beide doch etwas gemein, Mrs Merryweather«, erklärte Justus, »denn auch wenn man uns drei ??? mit Fug und Recht als wahre Experten auf dem Gebiet des Übersinnlichen bezeichnen mag, so hat unsere Arbeit doch immer ergeben, dass es ganz profane Dinge sind, die hinter den geisterartigen Phänomenen stecken, die meist auf sehr schlichten Interessen habsüchtiger Zeitgenossen beruhen.«
Die Kommissarin zog die Stirn in Falten. »Ich weiß nicht, ob ich dich richtig verstanden habe, Justus Jonas. Aber Chefs mussen sich offenbar manchmal so ausdrücken. Ich würde sagen: Der Grund für die meisten Arten von Spuk liegt in nichts anderem als in der Gier nach Geld.«
Die drei ??? wechselten ein paar Blicke.
»Wir schauen uns die Sachen an«, sagte Justus abschließend.
»Na also ...« Lisa Merryweather nickte ihm aufmunternd zu.
»Geht doch! Und danke für die Vase. Die passt wunderbar zu diesem Örtchen hier. Harmlos, bunt und herzig!«

Katzen und Papageien

»Puh«, stöhnte Bob, als sie zurück in der Zentrale waren, und fügte nach einem Blick auf den Stapel mit den Arbeitsaufträgen hinzu: »So hab ich mir das nicht vorgestellt. Warum haben die bloß diese Frau nach Rocky Beach geschickt?«

Peter grinste. »Sie behauptet wohl, wegen besonders guter Leistung. Aber Officer Brown hat mir verraten, dass er gehört hat, sie hätte einen Polizeieinsatz vergeigt. Sie war zwei Dieben auf den Fersen und hat einen davon entkommen lassen. Und zwar weil … Da kommt ihr nie drauf, nicht mal du, Erster!«

»Nun sag schon«, drängte Justus.

»Weil sie sich erst mit ihrem Rock in der Tür ihres roten Alfas verfangen hatte und dann in dem engen Teil nicht rennen konnte.«

»Also ist die Versetzung wohl eher eine Bestrafung«, sagte Justus. »Na, vielen Dank an Los Angeles! Damit treffen sie nicht nur die Kommissarin. Man hat dort offenbar keine gute Meinung von Rocky Beach.«

»Ich denke, die glauben, wir sind ein verträumtes Nest«, sagte Bob, »wo sie keinen Schaden anrichten kann. Wenn wir es nicht besser wüssten …«

Mit angewiderter Miene blätterte Justus den Stapel durch, den Lisa Merryweather ihnen aufs Auge gedrückt hatte. »Also noch mal: Die Katze sitzt bestimmt hier auf dem Schrottplatz hinter den Reifen und lauert auf Mäuse … Der Fisch, okay, wir reden mit Rubbish George … Das mit Mr Porter – die auf der Wache sollen sich nicht so anstellen, dann ruft er halt hin und

wieder mal an … Was ist das hier? Ein geklautes Dreirad am Spielplatz – wahrscheinlich liegt das vergessen im Gebüsch …«
Plötzlich legte der Erste Detektiv ein einzelnes Blatt zur Seite, dann teilte er den Rest der Papiere in zwei Stapel auf. Den ersten reichte er Peter. »Für dich!« Den zweiten erhielt Bob. »Und das ist deiner.«
»Äh«, machte Peter.
»Und du?«, fragte Bob entgeistert.
»Ich kümmere mich um den Rest«, erklärte Justus.
»Das eine Blatt da?«
»Ja. Es handelt sich um einen Brief von einer gewissen Mrs Elena Fleckenstein. Sie hat Geisterstimmen in einem alten Luftschutzbunker in Devil's Corner gehört, die angeblich von toten Soldaten stammen, und möchte mit Mrs Merryweather sprechen.«
»Klar! *Geisterstimmen.* Das ist das Reizwort für Justus Jonas«, warf Peter ein.
Ungerührt fuhr der Erste Detektiv fort: »Nun erklärt sich auch der merkwürdige Hinweis bezüglich des Zeitungsberichtes. Mrs Fleckenstein hat mitbekommen, dass eine Kommissarin in Rocky Beach ist, und hat sie eingeladen, im Zuge der Ermittlungen zum Bunker auch ein Interview mit ihr über Frauen im Polizeidienst zu führen.«
»Und das Interview willst nun du geben?«, ulkte Peter.
Bob schüttelte den Kopf. »Nein, Justus will sich nur vor den anderen Aufgaben drücken!«
»Ihr nehmt mich nicht ernst.« Justus rollte übertrieben mit den Augen, schnappte sich eine Limo und öffnete sie. »Ich wittere einen Fall!«

»An dem wir nicht teilhaben dürfen?«
»Doch. Die Geisterstimmen treten abends auf. Bis dahin ist noch viel Zeit, in der ihr die anderen Fälle lösen könnt. Ich recherchiere schon einmal.«
Bob konnte es nicht fassen. »Recherche, das ist meine Aufgabe!«, rief er.
»Nicht, wenn die Lage so indifferent ist.«
Bob stöhnte auf. »Du willst einfach nicht. Und wenn du nicht willst, dann können wir eher über den Pazifik nach Australien surfen, als dass wir dich umstimmen. Also gut, bringen wir es hinter uns!«

Die nächsten Stunden erlebte Bob, wie schwer es war, eine Katze einzufangen. Außerdem beruhigte er den störrischen Mr Smith und machte sich auf die Suche nach abgerissenen Blumen im Park, die offenbar ihr Ende als Tischschmuck in einem Café gefunden hatten.
Währenddessen fuhr Peter mit dem Rad zum Hafen. Auf dem Weg dahin entdeckte er auf einer Straßenlaterne einen entflogenen Papagei, der sich gemütlich in der Sonne wärmte – auch der stand auf seiner Liste. Peter schoss ein Foto und suchte dann Rubbish George in seinem Boot auf. Dort roch es verdächtig nach gebratenem Fisch. Rubbish behauptete, ihn zappelnd auf dem Pier gefunden zu haben. Von einer Fischkiste wusste er nichts. Schmunzelnd lud er Peter zum Essen ein, allerdings gegen ein kleines Entgelt von zehn Dollar.
Peter verzichtete. »Schade«, sagte Rubbish, »letztens war ich übrigens bei euch auf dem Schrottplatz. Justus' Onkel hat mir sehr geholfen! Ihr wart leider gerade nicht da.«

Was für ein Glück, dachte Peter, grüßte und machte sich auf zur Polizeiwache. Die Liste hatte er durch. Auf dem Revier traf er auf Bob, der gerade dabei war, mit Officer Brown seine Fälle durchzugehen.

Als Peter Bob ablöste, schaute Lisa Merryweather vorbei und warf dem Officer einen Blick über die Schulter. »Aha, die Nachwuchsdetektive! Wie viele der Fragezeichen habt ihr denn gelöst?«

»Fast alle«, sagte Peter nicht ohne Stolz.

»Sogar die Geister im Bunker?«

»Da sind wir noch dran«, antwortete Peter, »aber das ist Chefsache.«

Die Kommissarin lachte überheblich. »Na, dann warte ich noch ein wenig mit dem Vernichten der Beschwerde …«

»Und wenn wir die Ursache für die Geister nicht finden?«

»Pech gehabt!«

Die Antwort ärgerte Peter. »Sie haben doch letztens auch einen Dieb laufen lassen!«, schoss es aus ihm heraus.

»Wer sagt denn so was?« Die Miene der Kommissarin hatte sich schlagartig verändert.

Bob warf einen Blick auf Officer Brown, der plötzlich äußerst konzentriert in den Zetteln mit den Fällen blätterte.

»Hab ich gehört«, sagte Peter leichthin.

Lisa Merryweather hatte sich wieder gefangen. »Künstlerpech hat jeder einmal. Ist euch das noch nie passiert?«

»Dass wir einen Fall nicht aufklären konnten?«, fragte Peter.

»Genau.«

»Selten, fast nie.«

Die Kommissarin lächelte gnädig. »Ihr seid halt Superermittler. Und das mit den Bunkergeistern bekommt ihr dann ja auch sicher raus. Morgen früh um acht erstattet ihr Bericht. Dann vergesse ich die Beschwerde. Okay, Detektive?«

Bob nickte, aber Peter fiel etwas ein. »Morgen ist doch Sonntag«, sagte er.

»Ich habe Wochenenddienst.« Lisa Merryweather wandte sich an ihren Mitarbeiter. »Ach, Officer Brown: Kümmern Sie sich bitte um den entflogenen Papageien? Das ist nützlicher, als irgendwelche Geschichten über mich herauszuposaunen ...«

Als Peter und Bob zurück in die Zentrale kamen, erwartete Justus sie schon ungeduldig. Vor ihm lag eine XXL-Pizza, die er bereits zur Hälfte verspeist hatte.

»Wir haben auch Hunger!«, erklärte Bob und stürzte sich auf den verbliebenen Inhalt des Pappkartons.

Peter bediente sich ebenfalls.

Während die beiden kauten, erklärte Justus, was er inzwischen herausgefunden hatte. »Der alte Bunker stammt aus dem Zweiten Weltkrieg. Er steht auf Privatgelände, das man eigentlich nicht betreten darf.«

»Devil's Corner?«, fragte Peter.

Justus nickte. »Genau. Dort an der Steilküste, nicht weit weg von Rocky Beach. Früher haben wir da ein paarmal gespielt, falls ihr euch erinnert. Verbotenerweise.«

»Man musste ein Loch im Stacheldrahtzaun suchen und hindurchschlüpfen«, sagte Bob.

»Was nicht sonderlich schwer war, denn davon gab es viele«, nahm Justus den Faden auf. »Dann ein paar hundert Meter einen Pfad entlang. Nicht ganz unproblematisch, da der ab und zu vom Regen hangabwärts ausgewaschen war und man leicht ins Rutschen kommen konnte.«

»Und schon fiel man über die Felsen hinunter ins Meer«, ergänzte Bob. »Sehr gefährlich. Aber wir waren auch immer sehr vorsichtig!«

»Bis auf das eine Mal, als wir Justus aus dem Gestrüpp ziehen mussten, das ihn vor dem sicheren Tod bewahrt hat«, erinnerte sich Peter.

»Stimmt«, sagte der dritte Detektiv, »sonst hätte es die drei ??? nie gegeben.«

»Dann halt die zwei ??«, gab Peter lachend zurück.

»Sehr witzig!« Justus warf seinem Freund einen scharfen Blick zu. »Ich hatte damals alles im Griff.«

»Im Griff hatten dich vor allem die Äste«, sagte Bob. »Wenn das unsere Eltern gewusst hätten oder deine Tante! Schließlich standen da mehrere Verbotsschilder rum.«

»Die man vor lauter Rost nicht mehr wirklich gut lesen konnte«, sagte Peter. »Aber wir kommen vom Thema ab. Was hast du noch herausgefunden, Erster?«

»Nun, letztes Jahrhundert, in der Zeit des Kalten Krieges, als die Spannungen zwischen den USA und der Sowjetunion extrem hoch waren, wurde der Bunker von seinem Besitzer zu einer Schutzanlage ausgebaut, die zum Glück nie genutzt werden musste. Inzwischen gehört er Elena Fleckenstein. Sie hat ihn geerbt.«

»Die, die den Brief geschrieben hat«, sagte Bob.

»Ja. Sie wohnt wohl sehr zurückgezogen irgendwo anders. Ich konnte nichts über sie herausfinden, keine Telefonnummer, keine Adresse. Der Brief hatte auch keinen Absender. Aber sie geht offenbar regelmäßig auf ihrem Grundstück spazieren, schreibt Briefe und interessiert sich für Frauen im Polizeidienst«, sagte Justus. »Die Dame muss schon älter sein.«

»Wie kommst du darauf?«, fragte Bob.

»Vor Jahren erschien ein Zeitungsartikel. Eine Hotelkette wollte das Grundstück erwerben und ein Luxusresort darauf errichten. Ganz dunkel erinnere ich mich noch daran. Es erregte einiges Aufsehen. Zwei Pläne standen im Raum. Der eine sah vor, die Bunkeranlage – die unterirdisch größer ist, als man von außen annimmt – als Attraktion zu erhalten. Der andere ging von einer völligen Neugestaltung des Geländes aus. Letzten Endes hat Mrs Fleckenstein jedoch nicht verkauft. Die Hotelleute waren ziemlich sauer. Neben dem Artikel war ein Bild von allen Beteiligten: den Managern, dem Makler, dem Stadtrat, der für den Bau war, einer Umweltaktivistin, die die unberührte Landschaft erhalten wollte, und der Besitzerin, die damals um die sechzig Jahre alt war.«

»Hast du etwas zu den Geisterstimmen herausgefunden?«, fragte Bob.

»Nein, ich denke, die bildet sich diese Mrs Fleckenstein nur ein«, sagte Justus. »An der Küste pfeift der Wind, und wenn der durch die Gänge weht …«

»Ich hoffe es!« Peter hatte vor Geistern, Gespenstern und übersinnlichen Dingen sehr viel Respekt. Auch wenn sich bei ihren Fällen immer wieder herausgestellt hatte, dass die Erscheinungen ganz rationale Ursachen hatten. Doch man konnte ja nie wissen.

»In drei Stunden wird es dämmrig«, sagte Justus. »Dann fahren wir hin und finden es heraus!«

Im Gewitter

Die Sonne stand schon tief am Himmel, als sich Justus, Peter und Bob auf den Weg zu Devil's Corner machten. Sie fuhren mit ihren Mountainbikes, da man das letzte Stück auf Wanderpfaden durch das ansonsten naturbelassene Gelände an der Küste entlangfahren musste. Taschenlampen hatten sie dabei, Peter außerdem einen Rucksack mit Detektivausrüstung, einem Fernglas und einem Abhörgerät – einer Art Mini-Wanze mit Sender und Empfänger, die Justus selbst gebastelt hatte.
»Falls wir an verborgenen Orten Geisterstimmen abhören müssen«, hatte der Erste Detektiv gesagt. »Zur Beweissicherung!« Auf seine Anregung hin hatten sie außerdem etwas zu essen und zu trinken eingepackt. Und jeder hatte eine Jacke unter den Gepäckträger geklemmt, obwohl es draußen noch warm war. Doch vom Pazifik her war eine Regenfront vorausgesagt, wenn auch erst für den späten Abend.
»Regen – hoffentlich ist diese Mrs Fleckenstein heute überhaupt da«, sagte Peter skeptisch. »Sonst ist unser kleiner Ausflug vergeblich.«
Justus machte das offenbar nichts aus. »Wenn sie nicht kommt, können wir trotzdem wegen der Geisterstimmen ermitteln und fahren morgen notfalls noch einmal hin. Aber sie schreibt in ihrem Brief, dass man sie momentan so gut wie jeden Abend antreffen kann, immer bei Einbruch der Dämmerung. Merryweather solle sich ein wenig Zeit nehmen, die Natur des Küstenwegs genießen und einfach vorbeischauen, heute, morgen oder übermorgen.«

Peter und Bob hatten ihren Eltern erzählt, dass sie bei Justus übernachten würden, und der Erste Detektiv sagte seiner Tante, dass es später werden könnte. Dann schwangen sie sich auf die Räder und fuhren los. Schnell hatten sie Rocky Beach durchquert. Nach ein paar Meilen Richtung Norden ging es seitlich ab zur Küste. Aus dem Fahrweg wurde bald ein Fußweg, dem man gar nicht so einfach folgen konnte, da er sich immer wieder im steinigen und gestrüppartigen Untergrund verlor. Doch die drei ??? hatten die Örtlichkeit noch gut im Kopf. Schon bald hörten sie das Rauschen der Wellen, die weiter unten gegen die Felsen schäumten. Die Sonne sank auf den Horizont zu, über dem ein tiefgrauer Streifen die Regenfront ankündigte.

»Vielleicht hätten wir besser morgen fahren sollen«, sagte Peter mit einem Blick auf das nahende Unwetter. Ein Stein sprang unter seinem Reifen weg.

Hinter ihm mühte sich Justus ab, den passenden Gang für sein Fahrrad zu finden. »Ich will der Sache aber *heute* auf den Grund gehen«, presste er heraus.

»Vermutlich endet alles ganz unspektakulär«, rief Bob von hinten. »Wir werden eine Frau treffen, die eigentlich eine Kommissarin erwartet, und nach einem kurzen Besuch des Bunkers feststellen, dass der Wind durch die Öffnungen pfeift. Ich weiß nicht, ob dich deine Hoffnung auf einen neuen Fall nicht trügt, Erster!«

»Ahnung«, widersprach Justus, »nicht Hoffnung.«

»Ist doch jetzt egal. Aber wenn wir uns nicht beeilen, kommen wir im Dunkeln an«, rief Peter und trat demonstrativ in die Pedale. So fest, dass das Hinterrad seines Bikes wegrutschte.

Der Zweite Detektiv konnte sich nicht halten und sprang ab. Justus bremste scharf und sah, wie Peters Rad den Abhang hinabstürzte und sich dabei mehrmals überschlug. Die Fahrradtasche löste sich und hopste ebenfalls abwärts, die Taschenlampe wurde herauskatapultiert und flog über einen Geländevorsprung in Richtung Meer.

Zum Glück blieb das Rad in einer Senke liegen.

»Peter! Hast du dich verletzt?«, rief Bob.

Mühsam kam der Zweite Detektiv wieder auf die Beine. »Ich glaube nicht«, sagte er mit tonloser Stimme und prüfte, ob seine Gelenke noch intakt waren. »Mein Arm tut weh. Aber gebrochen ist … glaube ich … nichts. Eine Sekunde nicht aufgepasst, und das ist das Ergebnis!« Er holte tief Luft und starrte den Hang hinunter. »Na, dann berge ich mal mein Rad.«

»Justus und ich erledigen das«, sagte Bob. »Setz du dich hin und erhol dich von dem Schreck.«

Das klang gut. Peter nickte.

Vorsichtig stiegen Justus und Bob zum Fahrrad hinunter. Auf den ersten Blick schien es heil, doch als Bob den Lauf der Reifen prüfte, stellte er fest, dass das Vorderrad verbogen war. Damit konnte Peter nicht mehr fahren.

Justus bemerkte, dass einige Meter unterhalb die Tasche von einem Stein aufgehalten worden war. Nur die Lampe war also verloren. Er sicherte die Tasche und gemeinsam mit Bob trug er das Fahrrad zurück auf den Pfad.

»Und was machen wir jetzt?«, fragte der dritte Detektiv. »Der Unfall hat uns Zeit gekostet, und mit dem Rad fahren kann man auch nicht mehr. Es wird schon dunkel. Sollen wir umdrehen?«

»Ich bin dafür«, sagte Peter. »Das kaputte Fahrrad ist ein verdammt schlechtes Omen!«
Justus schüttelte den Kopf. »Es gibt keine schlechten Omen, Peter. Und auch keine guten. Das war schlichtweg ein blöder Unfall. Er hat mit dem Bunker nichts zu tun.«
»Und die Wetterfront?«
»Wäre auch gekommen, wenn wir gemütlich zu Hause Pizza gegessen hätten, glaube mir. Wir ziehen das jetzt durch! Auch ohne Fahrrad. So weit kann es nicht mehr sein.« Er wies die Küste entlang. »Dahinten ist doch schon der Stacheldrahtzaun!«
Peter sah nichts als diffuses Dunkel. »Stimmen wir ab«, schlug er vor. »Bob und ich dagegen, Justus dafür, macht drei zu zwei für Justus, da er der Boss ist.«
»Die Rechnung hat etwas für sich.« Justus lachte. »Aber es gibt einen logischen Grund, weiterzugehen. Zum Bunker ist es näher als zurück. Wenn es wirklich stürmt und regnet, sind wir dort geschützt. Wenn das kein Argument ist?«
»Da hast du recht«, sagte Bob und warf einen Blick zum Horizont. Die Wolken waren deutlich näher gekommen und sahen gewaltig aus. Wenn er sich nicht täuschte, entluden sich aus ihnen sogar Blitze. Da war der Bunker das sicherere Ziel.
Etwas abseits des Weges schlossen sie ihre Fahrräder zusammen. Dann schulterten sie die Taschen und liefen los. Die Sonne war untergegangen und der Wind nahm zu. Da sie den Weg kaum noch ausmachen konnten, knipste Justus seine Taschenlampe an.
Nach einigen Minuten erreichten sie den Zaun, ein altes Maschendrahtgeflecht mit einem Stacheldrahtstreifen darüber.

Justus' Lampe erfasste ein rostiges Schild: *Privatgelände! Lebensgefahr! Betreten verboten!*
»Wieso Lebensgefahr?«, fragte Peter.
»Weil der Weg nicht gesichert ist und zur Küste hin abrutschen kann«, erklärte Justus. »Da will niemand die Verantwortung für Unfälle übernehmen.«
»Na, das sind dann ja Kleinigkeiten«, sagte der Zweite Detektiv und man hörte an seiner Stimme, dass er das ganz und gar nicht so meinte.
Justus ignorierte die Bemerkung und suchte nach kaputten Stellen im Zaun. Es dauerte nicht lange, da hatte er einen Durchschlupf gefunden. »Hier kann man den Draht ein kleines Stück anheben!«, rief er.
»Du meinst, wir sollen einfach so durchklettern?«, fragte Peter. »Das ist Privatgelände!«
»Immerhin handeln wir auf Anweisung von Mrs Merryweather, also der Polizei«, antwortete Justus.
Die drei ??? krochen auf das Grundstück.
»Nun ist es nicht mehr weit«, erinnerte sich der Erste Detektiv. Das war auch gut so, denn die Regenfront war fast da. Der Wind wurde böig und war durchsetzt mit kleinen Tropfen.
Ab und zu erleuchtete ein Blitz die Szenerie. Justus zählte die Sekunden bis zum folgenden Donner. Er kam gerade mal auf vier. »Los, Beeilung«, rief er, »das Gewitter ist nicht mal eine Meile entfernt.«
Auch Bob hatte seine Lampe eingeschaltet. Peter blieb, so gut es ging, neben ihm.
Nach kurzer Zeit verlangsamte Justus das Tempo. »Hier muss es doch irgendwo sein!«, rief er.

Ein kurzer Regenschauer peitschte die Küste entlang. Peter fuhr sich durch die nassen Haare. »Da … da…dahinten … ist was«, stotterte er und rief dann lauter: »Da flattert was!«
Justus und Bob hatten es auch gehört. Es klang wie ein Vogel, dessen riesige Flügel knallend aneinanderschlugen.
»Was ist das, Justus?«, fragte Peter mit zitternder Stimme.
»Ich weiß es nicht«, sagte der Erste Detektiv und versuchte, das Geräusch zu analysieren. »Wie Schläge«, murmelte er, »wie nasse Wäsche im Wind, vielleicht eine Plane …«
»Versuch nicht, mich mit solchen Sachen zu beruhigen«, rief Peter. »Das klingt doch viel gefährlicher!«
»Ein Drache wird es schon nicht sein.« Entschlossen schritt Justus jetzt direkt auf die Quelle des Geräuschs zu. Seine Taschenlampe erfasste einen gut zwei Meter großen Felsen. Neben ihm bogen sich Sträucher im Wind. Direkt dahinter musste es sein. Nun war das Geräusch ganz laut.
Vorsichtig umrundete Justus den Felsen, die Lampe starr nach vorne gerichtet.

Die dunkle Öffnung

»Ein Zelt!«, rief Justus überrascht aus.

»Ein Zelt?«, fragte Bob, der Justus gefolgt war.

»Ja, ein Zelt! Der Wind hat es zum Teil aus der Verankerung gerissen.«

Bob trat neben seinen Freund. Das kleine blaue Zelt flatterte im Wind wie ein nervöses Tier. Zwei Befestigungsheringe hatten sich gelöst und der Wind beulte das Dach abwechselnd nach innen und nach außen. Der Reißverschluss des Eingangs war aufgezogen. Laut schlug das nasse Seitenteil gegen die Plane. Im Zelt schien niemand zu sein. Nur ein zusammengeknäulter Schlafsack war zu erkennen.

»Ist hier jemand?«, fragte Peter, der sich nun neben seine Freunde traute.

Justus leuchtete die Umgebung ab. »Niemand«, sagte er. Doch plötzlich schwang er die Lampe zurück. War da nicht ein dunkler Schatten gewesen?

Auch Peter hatte etwas bemerkt. »Justus, da war ... was«, rief er aus. »Nein, weiter links!«

Justus korrigierte die Position der Lampe, doch zwischen den windgepeitschten Büschen konnten sie nichts Verdächtiges sehen.

»Ein großer Nachtvogel möglicherweise«, sagte Justus.

»Mir gefällt das alles nicht«, murmelte Peter.

Ein weiteres Mal trieb eine kräftige Windbö einen Regenschauer herbei.

»Vielleicht habt ihr euch auch getäuscht«, meinte Bob. »Bei

so einem Wetter sieht man Gespenster, wo gar keine sind. Statt um Erscheinungen im Gelände sollten wir uns besser um das Zelt kümmern.«

Justus nickte, kniete sich vor die Eingangsöffnung und leuchtete hinein. »Schlafsack, Kopfkissen, Unterlage, ein Handtuch, sonst nichts«, sagte er. Er beugte sich nach vorne und wühlte in den Dingen herum. »Keine Tasche, keine näheren Hinweise auf die Person. Mist!« Seine nasse Hand, auf die er sich gestützt hatte, war auf dem glatten Schlafsack weggerutscht, dabei waren ein paar Visitenkarten aus seiner Brusttasche gefallen. Rasch klaubte er sie zusammen, krabbelte zurück und richtete sich wieder auf. »Seltsam.«

»Meinst du, diese Mrs Fleckenstein übernachtet hier?«, fragte Peter.

Justus schüttelte den Kopf. »Das wäre schon sehr überraschend in ihrem Alter.«

»Ältere Leute können doch auch noch zelten, wenn sie fit sind«, erwiderte Peter. »Vielleicht ist sie eine ganz besondere Naturliebhaberin.«

»Selbst wenn … in so einem Ding? Das glaube ich nicht.« Justus schüttelte den Kopf.

»Oder eine Person, die gar nichts mit ihr zu tun hat«, überlegte Bob. »Jemand, der hier die Sonnenuntergänge genießen will.«

»Aber das Betreten des Geländes ist doch verboten«, wandte Peter ein.

»Wie du an uns siehst«, sagte Justus nur.

»Aber egal, wer es ist: Wo ist diese Person?« Peter blickte sich um. Ein Blitz erhellte die Umgebung. Auf Peter wirkte es, als

lauerte hinter jedem Busch, hinter jedem Stein ein Ungeheuer, das es auf ihn abgesehen hatte.
Justus hingegen sah eine ganz normale Küstenlandschaft bei Nacht, über die gerade ein Gewitter hinwegzog. Gut, da war dieser Schatten gewesen, aber das konnte alles und nichts gewesen sein.
Wieder zuckte ein Blitz, kurz darauf krachte ein Donnerschlag und machte den Jungen bewusst, dass sie dringend Schutz suchen mussten. Bob wusste auch wo. Im Schein des Blitzes hatte er ihn gesehen, nur gut zehn Meter von ihnen entfernt: den Vorbau des Bunkers, der von hier aussah wie ein in der Mitte durchgeschnittenes Riesenei. Mit seinen beiden dunklen Schießscharten und dem quer darunterliegenden Beobachtungsschlitz schien er den Betrachter auffordernd anzugrinsen. Der dritte Detektiv leuchtete in die entsprechende Richtung. »Der Bunker! Dort sind wir sicher.«
»Ja, der hat schon viele Blitze ausgehalten«, rief Justus und setzte sich in Bewegung. »Beeilung, das Gewitter befindet sich praktisch über uns!«
Als Erster erreichte Bob das Bauwerk. Schnell stieg er die schmalen Treppenstufen hinab, über die man in einen feuchtkühlen Vorraum gelangte, den er von früher her noch gut in Erinnerung hatte. Obwohl durch die Sichtschlitze der Wind pfiff, roch es nach Müll und altem Urin. Glasscherben lagen am Boden. Bob leuchtete auf die gegenüberliegende Wand. Damals hatte sich dort eine notdürftig an die Wand gezimmerte Spanplatte befunden. Bob hatte sich immer gefragt, was sich wohl dahinter verbarg. Nun sah er es, denn die Platte war weg: der Zugang ins Innere des Bunkers!

Justus traf ein, auch Peter, der wie ein Hund das Wasser von sich abschüttelte. »Puh, stinkt das hier. Das hält ja kein Gespenst aus!«
Bob nickte und leuchtete auf die Stelle, wo einst die Holzplatte angenagelt gewesen war. Das dunkle Loch zog ihn magisch an. »Wenn du möchtest, können wir weitergehen.«
»Das Brett ist weg«, murmelte Peter.
Draußen blitzte und donnerte es.
Bob trat an die Öffnung und hielt die Lampe hinein. Ein Gang schloss sich an, der sich nach ein paar Metern in der Dunkelheit verlor. »Glaubt ihr, dass diese Mrs Fleckenstein dort drinnen ist?«, fragte er.
Justus war neben ihn getreten und schüttelte den Kopf. »Sie fürchtete sich vor den Stimmen aus dem Inneren des Bunkers. Es ist also unwahrscheinlich, dass sie sich weiter vorgewagt hat. Ich denke, wenn sie hier wäre, hätte sie in diesem Raum auf das Ende des Gewitters gewartet.«
»Vielleicht hat sie das auch«, sagte Peter und fuhr mit belegter Stimme fort: »Aber dann kam etwas aus den Tiefen des Bunkers hervor und ... hat sie ... geholt!«
»Hör auf damit«, sagte Justus.
»Und was ist mit dem verlassenen Zelt?«, entgegnete Peter. »Da war doch jemand, und der ist auch verschwunden. Justus, das ist doch unheimlich!«
»Ich denke, diese Mrs Fleckenstein war heute gar nicht vor Ort«, sagte Justus. »Und der Camper oder die Camperin hat vor dem Gewitter das Weite gesucht.«
»Und das Zelt einfach so zurückgelassen? Außerdem sind wir auf dem kompletten Weg niemandem begegnet!«

Das waren zwei gute Argumente. Justus musste zugeben, dass hier einiges seltsam war. Vor allem das Zelt. Wem gehörte es? Und wo befand sich diese Person jetzt? Der Bunker war der naheliegende Schutzraum für jeden in der Umgebung. Aber außer ihnen war niemand hier. Die einzige Lösung war ... der Gang. Doch Justus wollte Peter nicht noch panischer machen. »Im Moment bleibt uns sowieso nichts anderes übrig, als hier zu warten«, sagtc cr.

Peters Miene entspannte sich. »Das finde ich auch, Justus. Ich habe schon befürchtet, dass du freiwillig die Anlage stürmen willst. Aber wir sollten den Gang im Auge behalten.«

»Ich wäre schon neugierig«, sagte Bob, »aber nicht heute. Mal mittags, bei Sonnenschein.« Aufmerksam leuchtete er den Boden des Vorraums ab. Zwischen den Glasscherben wehte der Wind Papierfetzen, kleine Äste und Blätter in Spiralen zusammen. Auf den ersten Blick fand Bob nichts, was ihm besonders auffiel.

Justus kletterte an den Sichtschlitz und spähte hindurch. »Das Zelt hat es schon fast weggeweht«, sagte er, »wir hätten es befestigen sollen.«

»Bei den Blitzen?«, entgegnete Peter. »Nein, die eigene Sicherheit geht vor!«

Justus stieg wieder hinunter. Es war kalt geworden und trotz ihrer Jacken begannen die Jungen zu frieren. Um sich warm zu halten, liefen sie ziellos hin und her.

»Toller Ausflug«, grummelte Peter. Dann hellte sich sein Gesicht auf. »Haben wir nicht etwas zu essen dabei?«

Bob nickte und zog drei extragroße Müsliriegel und eine Flasche Wasser aus dem Rucksack. Schnell war alles verspeist.

Nach einer Weile ließ der Wind nach und der Wolkenbruch ging in einen konstanten Dauerregen über. Das Gewitter war weggezogen.

Bob wagte einen Blick nach draußen. »Nicht mehr lange, und wir können den Rückweg antreten«, wagte er eine Prognose.

Doch Justus ließ der Gedanke an das Innere des Bunkers nicht los. Gerade als er überlegte, wie er die beiden anderen zu einem Vorstoß in das Bauwerk überzeugen konnte, vernahmen sie ein seltsames Geräusch.

»Was war *das* denn?«, fragte Bob. »Habt ihr das auch gehört?«

Peter wurde blass. »Wie ein Jammern oder ein Wimmern. Ich glaube, das kam aus dem Gang!«

»Also ist doch etwas dran an der Beobachtung dieser Mrs Fleckenstein«, sagte Justus nachdenklich. »Vielleicht waren die Stimmen schon die ganze Zeit über da und wir haben sie wegen des Unwetters nur nicht gehört.«

Peter wandte sich an ihn. »Was hat die Frau eigentlich über die Geisterstimmen geschrieben? Du hast etwas von toten Soldaten gesagt. Hast du den Brief dabei?«

»Nein. Aber ich habe das Schreiben natürlich im Kopf.« Justus lauschte. Wieder setzte das Wimmern ein. Es klang, als käme es weit aus der Tiefe des Bunkers herauf. »Sie schrieb, dass schon immer irgendwelche Leute behauptet hätten, hier würden die Seelen toter Soldaten umgehen.«

»Hat hier in einem Krieg eine Bombe eingeschlagen?«, fragte Peter.

Justus schüttelte den Kopf. »Im Zweiten Weltkrieg fielen keine Bomben auf die USA«, sagte er. »Nein, angeblich ging es um amerikanische Soldaten, die in Japan gekämpft hatten und deren Seelen über das Meer zurückgewandert seien.«

»Und dann ausgerechnet in diesen Bunker eingezogen sind?«, fragte Bob ungläubig. »Das ist doch totaler Quatsch!«

»Ich habe selbstverständlich Professor Arbiter dazu kontaktiert«, erklärte Justus, »sie ist ja eine Expertin auf dem Gebiet des Übersinnlichen. Aber sie kannte diese Geschichte nicht. Auch Mrs Fleckenstein glaubte nicht recht daran, bis sie die Stimmen plötzlich selbst gehört hat.«

Wieder vernahmen sie das Jammern. Nun schien es etwas lauter als vorher. Und es war durchsetzt mit Worten. Sie waren schwer zu verstehen.

Bob machte die Augen zu, um besser zu hören. »*Wir alle … gemeinsam …* Was soll das bedeuten?«

»Ich glaube eher, das heißt: *Wir wollen allein sein!«,* sagte Peter. »Damit meinen die uns! Die wissen, dass wir hier sind!«

»Das wäre eine Möglichkeit«, sagte der Erste Detektiv. »Auch ich verstehe: *Wir wollen allein sein!*«

»Dann tun wir ihnen doch den Gefallen«, drängelte Peter.

Der Erste Detektiv sah ihn an. »Da solltest du mich inzwischen besser kennen, Zweiter. Wenn man Justus Jonas vertreiben will, erreicht man nur das Gegenteil. Wir werden da jetzt reingehen, Kollegen!«

Geisterstimmen

Auch Bob war jetzt für eine genauere Erkundung. »Du kannst hier auf uns warten, Peter«, schlug er vor. »Vielleicht ist das sowieso vernünftiger.«

»Falls euch ein Monster frisst?«, fragte der Zweite Detektiv. »Glaubt ihr, dann komme ich rein und rette euch?«

»Ich hoffe doch.« Ungeduldig deutete Justus auf den Eingang. »Also, was ist?«

Alleine hierbleiben oder mitgehen, das war für Peter eine Entscheidung wie zwischen Schrottplatz aufräumen und Hausaufgaben machen. Nur viel, viel gruseliger. »Okay, ich komme mit«, sagte er, »aber ich gehe als Letzter!«

»Kein Problem.« Mit der eingeschalteten Lampe in der Hand schritt Justus zur Öffnung, die in die Bunkeranlage führte. Bob folgte ihm. Peter warf noch ein Blick zurück und lief ebenfalls hinterher.

Der Gang war hoch genug, dass sie sich nicht bücken mussten, aber so schmal, dass sie nur hintereinander gehen konnten. Die Luft war kühl. Die jammernden Stimmen schienen mit jedem Schritt lauter zu werden. *»Wir wollen allein sein! Wir wollen allein sein!«*

Nach wenigen Metern stießen die Detektive auf eine schwere, mit Beton verstärkte Metalltür. Sie stand offen, sonst hätte die stabile Schutzvorrichtung bereits das Ende ihres Ausflugs bedeutet.

Peter versuchte, die Tür zu bewegen, doch wie viel Kraft er auch aufwendete, sie rührte sich keinen Zentimeter. »Sie klemmt«, stellte er fest. »Wahrscheinlich angerostet. Gut so, dann kann uns niemand einsperren.«

Die drei ??? passierten die Türöffnung und drangen weiter ins dunkle Innere des Bunkers vor. Schon bald erreichten sie einen kleinen Flurraum, von dem mehrere Gänge abzweigten. »Vermutlich zu weiteren Außenposten«, sagte Justus. Seine Stimme hallte etwas.

»Gibt es eigentlich einen offiziellen Eingang in diese Anlage?«, wollte Bob wissen. »Der müsste doch weiter im Landesinnern liegen.«

»Das denke ich auch«, sagte Justus. »Leider abgesperrtes Privatgebiet. Ich konnte keinerlei Plan davon finden.«

Wieder hoben die Stimmen an. »*Lasst uns alleine!*«

»Das nervt«, sagte Bob.

»Ich fürchte, wir nerven die auch«, meinte Peter und warf einen bittenden Blick auf Justus.

Der Erste Detektiv reagierte nicht darauf, sondern ließ stattdessen seine Lampe kreisen. Nach ein paar Metern erfasste der Lichtkegel etwas Unerwartetes. »Die Spanplatte, mit der der Eingang zugenagelt war!«, rief er aus. »Jemand hat sie entfernt und hier abgestellt.«

»Aber warum?«, fragte Bob und trat an das Brett, das deutliche Spuren von Verwitterung aufwies. Wer auch immer es hierhergeschleppt hatte, hatte es dann einfach schräg an die Wand gelehnt, sodass sich dahinter ein Hohlraum auftat. Neugierig zog der dritte Detektiv die Platte ein Stück von der Wand weg und spähte dahinter. »Ein Rucksack«, sagte er überrascht.

Während Bob das Brett hielt, bückte sich Justus und nahm den Rucksack an sich. Ein unauffälliges blaues Modell. Vorsichtig öffnete der Erste Detektiv den Verschluss, klappte die Abdecklasche nach hinten um und blickte hinein. »Ein dünnes Seil«, stellte er fest und zog es heraus.

»Sonst nichts?«, fragte Peter.

Justus tastete die Außentaschen ab und schüttelte den Kopf. »Nein.«

»Seltsam«, sagte Bob.

Nachdenklich legte der Erste Detektiv das Seil zurück in das Gepäckstück und stellte dieses wieder hinter die Holzplatte.

»Sollen wir den Rucksack nicht lieber mitnehmen?«, fragte Peter.

Einen Moment lang wirkte Justus unschlüssig, dann sagte er: »Ich möchte kein Anzeichen dafür hinterlassen, dass jemand hier gewesen ist.«

»Aber diese Stimmen haben uns doch schon längst entdeckt!«

»Wer weiß, wer sich sonst noch hier rumtreibt.« Justus leuchtete den Rest des Raumes ab, entdeckte jedoch nichts Auffälliges. »Das muss der Hauptgang sein«, sagte er und hielt die Lampe nach vorne. »Er führt weiter ins Landesinnere und ist etwas breiter als die anderen.«

Als Justus den ersten Schritt tat, schwoll plötzlich die Lautstärke der Stimmen an. Sie schienen aus dem breiten Gang zu kommen und sie warnten noch eindringlicher. »*Nein! Halt! Wir wollen alleine sein! Alleine!*«

»Sollen wir es uns nicht lieber noch einmal ...«, begann Peter.

»Die Sache ist entschieden!«, unterbrach ihn Justus und ging entschlossen los.

Die Stimmen wechselten nun den Ton. Hatten sie vorher noch leidend geklungen, so wurde der Ton jetzt mit jedem Schritt härter, klarer, befehlender, ja drohender. »*Dreht um! Sonst wird es schrecklich enden mit euch! Verschwindet! Wir werden uns rächen!*«

Selbst der hartgesottene Justus schritt immer zögerlicher voran. Nach wenigen Metern erreichten sie eine in die Seitenwand eingelassene Stahltür. Über ihr war ein kleines angerostetes Schild angebracht: *Arzt.*

Unter Peters entsetztem Blick griff Justus den schweren Bolzen, mit dem man die Tür öffnen konnte, und drückte ihn vorsichtig nach oben. Ein Ächzen erklang und die Tür ließ sich Zentimeter um Zentimeter aufschieben. Justus leuchtete durch den Spalt und wich plötzlich zurück.

»Was ist … da drin?«, fragte Peter.

Doch statt zu antworten, drückte Justus die Tür weiter auf und trat beherzt in den Raum. »Zahnarztbohrer«, sagte er. »Davor erschrecke ich immer. Erst recht vor so einem mittelalterlichen Modell.«

Bob und Peter folgten ihrem Freund.

Sie standen in einem vielleicht fünf mal sechs Meter großen Betonraum, der von einem Zahnarztstuhl dominiert wurde. Er musste Jahrzehnte alt sein, das verrieten die rostigen Metallgelenke, an denen die Seile für den Bohrer eingespannt waren. Kein Vergleich zu heute, es wirkte vielmehr wie ein wahrer Folterstuhl. Justus leuchtete im Zimmer umher und entdeckte noch eine Liege und weiteres medizinisches Gerät.

»Ein Arztzimmer in einem Bunker?«, fragte Peter.

Justus nickte.

»Ist der Bunker ein Schutzraum vor gefährlichen Viren? Vor einer Pandamie?«

»Pan*de*mie, Peter«, verbesserte der Erste Detektiv. »Nein, eher vor Radioaktivität. Der Bunker wurde, wie gesagt, im letzten Jahrhundert während des Kalten Krieges ausgebaut. In der Zeit standen sich die westlichen Staaten wie die USA und der Ostblock unter der Führung der Sowjetunion feindlich gegenüber und die Menschen hatten akut Angst vor einem Krieg mit Atomwaffen. Zum Glück wurde der Bunker nie gebraucht.« Justus sah sich noch einen Moment um. Die Stimmen, die sie die ganze Zeit über begleitet hatten, waren in diesem Raum nicht zu vernehmen. Die Geister schienen nur auf dem Flur ihr Unwesen zu treiben. »Ich bin gespannt, was wir noch alles finden.«

Sie verließen das Arztzimmer und das Jammern und Drohen empfing sie wieder. Ungerührt leuchtete Justus die Wände ab und ging bis zur nächsten Tür. Dahinter kamen sie in eine Art Bar, in der sogar noch zwei Weinflaschen aus den 1970er-Jahren lagerten. Als Nächstes entdeckten sie einen Schlafraum mit einfachen Pritschen, einen Speiseraum und sogar ein Friseurzimmer. Alles war einfach, schmucklos und zweckdienlich eingerichtet. Bis auf ein paar Schilder mit Hinweisen waren die Wände weiß und leer. Hier hatte man also den möglichen Atomkrieg überleben wollen.

Bob versuchte gerade, sich vorzustellen, wie die Welt danach wohl ausgesehen hätte, als die Geisterstimmen verstummten. Die drei ??? standen auf dem Gang vor dem Friseursalon. Die plötzliche Stille wirkte fast noch unheimlicher. Nur ganz schwach war der Wind zu hören, von weit weg.

»Als hätten wir sie verscheucht«, sagte der dritte Detektiv irritiert.

»Das glaube ich kaum«, murmelte Peter. »Die denken sich bestimmt etwas Neues aus. Etwas, das uns ganz und gar nicht gefallen wird.« Er machte ein paar Schritte rückwärts.
»Wir gehen weiter«, entschied Justus. Lediglich etwas langsamer als vorher tastete er sich vorwärts.
Inzwischen waren sie tief in die Anlage eingedrungen. Sie entdeckten einen weiteren Schlafraum sowie einen Duschraum mit Toiletten. Nirgends fiel den drei Detektiven etwas Verdächtiges auf.
Die nächste Tür, auf die Justus leuchtete, hatte ein Loch. Der Rost hatte es hineingefressen, ganz oben, direkt unter der Oberkante. Über dem Türrahmen fehlte das Schild. Oder doch nicht? Justus leuchtete genauer hin. *Geisterzimmer*, stand da in krakeligen Buchstaben, direkt auf die Wand gemalt.
Justus bewegte den Hebel und spähte durch den Spalt. Offenbar bemerkte er nichts, was ihn erschreckte. Er trat ein, Bob tat es ihm nach. Als Peter noch überlegte, ob er folgen oder doch besser draußen warten sollte, hörte er hinter sich ein schleifendes Geräusch. Er wollte sich umwenden, da spürte er einen heftigen Stoß, der ihn nach innen trieb. Stolpernd traf er auf Bob und klammerte sich reflexartig an seinen Freund, der durch den unerwarteten Aufprall zu Boden ging und aufschrie.
Erschrocken drehte sich Justus um und leuchtete das Zweierknäuel an. Er sah, wie hinter den beiden die Tür zugezogen wurde, akustisch untermalt von einem rostigen Kreischen. Draußen legte jemand den Hebel um. Dann war alles still.

Verspiegeltes Glas

»Wir sind gefangen!«, rief Justus, der die Situation als Erster begriff.

Mühsam rappelte Bob sich auf. »Wieso? Gibt es hier innen keinen Hebel wie in den anderen Räumen auch?«

»Nein«, sagte Justus leise. »Dies ist offenbar die Kammer, in der man unliebsame Leute wegsperrt.« Er leuchtete auf die Tür, die tatsächlich keinen Hebel oder sonst etwas besaß, womit man sie hätte öffnen können. Dann auf eine einfache Schlafpritsche an der Wand.

Peter wollte es nicht wahrhaben und versuchte, die Tür mit den Fingerspitzen aufzuziehen. Fehlanzeige! Entsetzt wandte er sich ab und sah Justus an. »Und was bedeutet das?«

»Dass wir hier, wenn es ganz blöde läuft, bis an unser Lebensende feststecken werden«, sagte Bob dumpf. »In dieser Anlage findet uns doch niemand.«

»Also bis wir verdursten?«, konkretisierte Peter.

»Kann sein«, murmelte Bob. Er probierte sein Handy aus. In diesem Betonverlies gab es natürlich keinen Empfang!

Peter lief zurück zur Tür und trommelte dagegen. »Hilfe! Lasst uns hier raus! Hilfe!«

Mit ausdrucksloser Miene sah Justus seinem Freund zu. Wer auch immer sie hier eingesperrt hatte, würde sie nicht einfach so wieder freilassen. »Ab sofort müssen wir an unserem Ausbruch arbeiten«, sagte er.

»Und wie?«

»Ich habe noch keinen Plan, Peter.« Justus leuchtete die übrigen Wände ab und zuckte plötzlich zusammen. Eine Lampe blendete ihn!

Die drei ??? brauchten einen Moment, bis sie verstanden, dass es Justus' eigene Lampe war, die auf ihn zurückstrahlte: Er leuchtete in einen Spiegel!

Neugierig trat der Erste Detektiv näher. »Er ist in die Wand eingelassen«, sagte er, »wie ein großer Bildschirm. Das erinnert mich doch an etwas.« Er klopfte gegen die Scheibe. »Sehr massiv.«

»Wie in einem Verhörraum«, flüsterte Bob.

Justus nickte. »Wie in einem Verhörraum. Ganz genau. Von der anderen Seite aus kann man uns bestimmt beobachten. So etwas nennt man Einwegspiegel.«

»Na, danke«, rief Peter, »sind wir hier Versuchskaninchen?« Er streckte dem Spiegel die Zunge raus. »Nimm das, du Vollidiot!«

»Der oder die kann uns bestimmt nicht hören«, sagte Bob, »dazu sind die Wände viel zu dick.«

Justus leuchtete an die Stelle, wo Wand und Decke zusammentrafen. »Da wäre ich mir nicht so sicher. Sind das neben der Neonröhre nicht zwei kleine Lautsprecher dort in den Ecken? Die haben bestimmt auch ein Mikro.«

Peter schleuderte den Geräten ein Schimpfwort entgegen.

»Deine Verbalangriffe helfen uns nicht weiter«, sagte Justus. »Wenn überhaupt jemand da ist und uns hört.« Er ging zur Tür und sah sie sich noch einmal ganz genau an. Etwa auf Kniehöhe war eine kleine Klappe eingelassen, doch auch die ließ sich nur von außen öffnen. »Leider finde ich nichts, was uns in unserer Lage weiterhelfen würde«, stellte er fest. Sein

Blick fiel auf das Rostloch. Es hatte einen Durchmesser von vielleicht knapp zehn Zentimetern. Justus stellte sich auf die Zehenspitzen und wischte mit den Fingern den unteren Rand ab. Braunrote Stückchen rieselten herab, doch schnell stieß er auf hartes Metall. »Ich habe einen Fehler gemacht«, sagte er.
Bob und Peter warfen sich einen Blick zu. Es geschah äußerst selten, dass Justus einen Fehler zugab. Und sie hatten keine Ahnung, was er meinte.
Der Erste Detektiv führte seine Überlegung auch nicht weiter aus. Er ging zur Pritsche, auf der mit Mühe zwei Personen Platz fanden. Zumindest für Peter und Bob würde es reichen. Das Gestell war aus Metall und leider fest in der Wand verankert. Es als Stoßwerkzeug gegen die Tür zu nutzen, fiel also weg. Ratlos setzte sich Justus auf die Gitterfläche des Bettes. Er spürte, wie sich die Quadrate unangenehm in seinen Hintern drückten, denn eine Matratze war nicht vorhanden.
Auf einen Wink hin gesellten sich Peter und Bob zu ihm.
Justus faltete die Hände vor seinem Mund und senkte die Stimme. »Wir müssen aufpassen, dass man uns nicht hört und dass man nichts von unseren Lippen ablesen kann.«
Bob warf einen Blick auf den Verhörspiegel und hielt sich ebenfalls die Hände vors Gesicht. »Was hast du mit dem Fehler gemeint?«, flüsterte er.
»Ich hätte das Seil aus dem Rucksack mitnehmen sollen. Ich bin ein Idiot!«
»Warum?«, wollte Peter wissen. »Also, das mit dem Seil?«
»Wir hätten eine Schlinge knüpfen, sie durch das Rostloch führen und versuchen können, damit den Hebel außen zu angeln. Um ihn dann hochzuziehen und die Tür zu öffnen.«

»Verdammt!« Peter stöhnte auf. Dass die Möglichkeit einer Flucht so nahe gelegen hatte, machte ihre Situation noch unerträglicher.

»Schnürsenkel?«, schlug Bob vor und gab sich gleich selbst die Antwort. »Nein. Alles Klettverschluss. Vielleicht der Metallrost? Wenn wir uns aus den Verstrebungen was Passendes zurechtbiegen?«

»Den auseinanderzunehmen dauert Tage, wenn es überhaupt funktioniert ohne Werkzeug«, erwiderte Justus.

»Ist auch zu auffällig«, sagte Bob. »Falls wir wirklich beobachtet werden, würde unser Gefängniswärter ja sofort nach draußen an die Tür sprinten und unsere mühsam zusammengebaute Konstruktion zerstören.«

»Oder die Wärterin«, ergänzte Justus.

Bob sah seinen Freund an. »Du meinst Mrs Fleckenstein?«

Dann stellte Peter die entscheidende Frage: »Aber warum das alles?«

Sie schwiegen und grübelten darüber nach.

Plötzlich flackerte die Neonröhre und das Licht sprang an.

Die drei ??? zuckten zusammen.

Die Lautsprecher knisterten. »Hallo!« Es war eine verzerrte Stimme, die nach einer Frau klang.

»Hallo …«, antwortete Justus vorsichtig.

»Wer seid ihr?«

In Peter kochte die Wut hoch. Doch er überließ genauso wie Bob Justus das Wort. Das war in solchen Fällen das Klügste.

»Drei Freunde, die in ein Gewitter gekommen sind.«

»Warum seid ihr in die Anlange eingedrungen?«

»Weil wir neugierig sind.«

»Aber es ist verboten. Und hier gibt es Gespenster! Geisterstimmen! Habt ihr die nicht gehört?«

»Selbstverständlich«, sagte Justus. »Aber solche Phänomene schrecken uns nicht ab. Wer sind Sie? Was haben Sie mit uns vor? Sie können uns hier nicht einfach festsetzen!«

»Ja!«, brach es aus Peter nun doch heraus. »Was haben Sie mit uns vor?«

»Ihr befindet euch auf Privatgelände.«

»Das ist noch lange kein Grund. Madam, wir ...«

»Tut mir leid. Ihr werdet ein paar Tage hierbleiben müssen.«

»Wir werden verdursten!«

»In der Tür ist eine kleine Durchreiche. Ihr werdet genug Wasser bekommen.«

Die drei ??? sahen sich an. Immerhin. Die Lage schien nicht mehr ganz so schlimm wie befürchtet. Aber gefährlich genug war sie nach wie vor, und vor allem sehr rätselhaft.

»Erhalten wir auch etwas zu essen?«, setzte Justus nach.

Die Antwort kam prompt. »Dies ist kein Hotel!«

»Selbstverständlich.« Der Erste Detektiv spürte, wie er wütend wurde, wütend über die Situation, wütend über den dämlichen Dialog und vor allem wütend über seinen Fehler. Doch er musste seine Gefühle beherrschen, damit er die Situation unter Kontrolle behielt.

»Schlaft gut«, sagte die Stimme.

»Halt!«, rief Justus. Je länger das Gespräch dauerte, desto mehr Informationen konnte er gewinnen.

»Ja?«

»Wie sollen wir hier denn schlafen, es gibt ja noch nicht einmal ein vernünftiges Bett.«

»Ihr seid doch noch jung. Das werdet ihr schon aushalten.«
»Wenigstens ein paar Decken, bitte!«
»Gute Nacht!«
»Gehen Sie noch nicht!«, rief Justus. Er musste die Frau mehr aus der Reserve locken. »Sie sind doch ... Mrs Fleckenstein?«
Ruhe. Mindestens zehn Sekunden lang. Justus glaubte schon, die Frau sei verschwunden.
»Woher ... weißt du das?«
Justus überlegte einen Moment, was er antworten sollte. »Sie genießen doch ab und zu den Sonnenuntergang an diesem wunderschönen Flecken der Steilküste?«
»Wer sagt das?«
»Nun, das haben wir beobachtet.«
»Ich glaube euch kein Wort.« Der Ton war plötzlich sehr scharf. »Wer seid ihr? Das Wasser könnt ihr vergessen, wenn ihr nicht sofort mit der Sprache rausrückt!«
»Aber es ist alles, wie ich sage«, startete Justus einen letzten Versuch. »Warum tun Sie das alles, Mrs Fleckenstein?«
Keine Antwort, mehrere Sekunden lang.
»SIE hat euch geschickt«, kam es dann. »SIE!«

Albtraumnacht

Nach diesen Worten drang aus den Lautsprechern noch ein schleifendes Geräusch, wie wenn man einen Stuhl verschiebt, danach blieb es ruhig. Offenbar hatte Mrs Fleckenstein – dass es sich bei der Frau um sie handeln musste, dessen war sich Justus nun sicher – ihren Beobachtungsposten aufgegeben.

Das Neonlicht erlosch.

Sofort knipste der Erste Detektiv die Taschenlampe an. »Mrs Fleckenstein!«, rief er noch ein paar Mal, doch ohne eine Antwort zu erhalten.

Seine Freunde sahen ihn mit fragenden Blicken an.

»Wen meint sie mit SIE?«, fragte Peter. »SIE hätte uns geschickt?«

»Überlegt doch selbst!« Justus konnte seine schlechte Laune nicht mehr verbergen. Vor allem ärgerte er sich, weil er ihre Deckung als ahnungslose neugierige Jugendliche aufgegeben hatte, als er den Namen Fleckenstein erwähnte. Er hätte ahnen müssen, dass sie die richtigen Rückschlüsse ziehen würde.

Bob kapierte nun ebenfalls. »Sie meint Mrs Merryweather«, flüsterte er.

Justus nickte. »Das ist in der Tat die logischste Antwort. Mrs Fleckenstein hat den Brief an die Kommissarin geschrieben und sie um das Treffen gebeten. Als ich nun ihren Namen erwähnt habe und auch die Tatsache, dass sie am Bunker Sonnenuntergänge genießt, hat sie gefolgert, dass wir den Brief kennen.«

»Aber wir hätten die Dame doch wirklich hier bei Sonnenuntergang beobachtet haben können«, wandte Peter ein.

»Vielleicht macht sie das gar nicht.«

»Was?«

»Vor dem Bunker Sonnenuntergänge genießen, Zweiter. Ich komme immer mehr zu der Ansicht, dass Mrs Fleckenstein die ganze Sache inszeniert hat, um Lisa Merryweather hierherzulocken. Übernehmen wir doch einmal die Rolle der Kommissarin.«

»Okay«, sagte Bob, überlegte kurz und fing an. »Ich, Kommissarin Merryweather, werde in das langweilige Rocky Beach versetzt. Ich kenne hier kaum jemanden. Eine Frau will mich treffen, mir die Schönheit der Küste zeigen und mich zum Thema Frauen im Polizeidienst befragen. Das interessiert mich. Zusätzlich erzählt sie von Geisterstimmen in einem alten Bunker, die mich neugierig machen. Warum nicht, denke ich, ich habe sonst ja nichts zu tun. Heute oder morgen kann ich sie ja mal besuchen.«

Justus nickte. »Ich wandere also zu Devil's Corner. Finde ein verlassenes Zelt.«

»Ich rufe nach ihr, doch niemand antwortet«, übernahm Peter. »Wo ist denn die Frau, denke ich. Hoffentlich ist ihr nichts passiert.«

»Genau. Ich überlege, ob sie im Bunker sein könnte und vielleicht in Schwierigkeiten steckt. Möglicherweise im Zusammenhang mit den Geisterstimmen. Also betrete ich den Betonbau.«

»Dort höre ich Stimmen, gehe ihnen nach, stoße auf Räume«, sagte Peter. »Arztzimmer, Schlafraum …«

»Nein.« Justus schüttelte den Kopf. »Ich erreiche zunächst diesen Verteilerflur mit der Holzplatte. Aber dort wartet jemand auf mich, überwältigt mich … und fesselt mich mit einem Seil.«

»Wow!«, sagte Peter. »So würde das Seil Sinn machen!«

»Das könnte der Plan von Mrs Fleckenstein gewesen sein«, fuhr Justus fort. »Doch dann kamen statt einer Kommissarin drei Jungen. Die musste sie schnell loswerden. Da bieten sich die Geisterstimmen an. Ich vermute, Mrs Fleckenstein hat sie eingesprochen, mit Worten, die uns in der Situation noch zusätzlich verunsichern sollen.«

»Wobei sie allerdings nicht mit deiner Unerschrockenheit gerechnet hat«, sagte Bob. »Die Stimmen kamen dann wohl aus Lautsprechern im Hauptgang.«

»Also keine Geister«, murmelte Peter erleichtert in sich hinein. »Eigentlich wie immer …« Laut sagte er: »Ich weiß nicht. Es wäre schon eine sehr stattliche Leistung für eine ältere Frau, die Kommissarin zu überwältigen. Auch der Stoß gegen mich war nicht ohne. Justus, du hast doch ein Bild von ihr in der Zeitung gesehen. Ist sie so kräftig?«

»Eher normaler Statur.« Justus überlegte. »Vielleicht hätte sie die Kommissarin mit einer Waffe bedroht.«

»Aber warum? Was ist das Motiv?«, stellte diesmal Bob die entscheidende Frage, und wieder wurde es für eine ganze Weile ruhig im Raum.

»Rache«, schlug Peter schließlich vor. »Die müssen mal in einer Sache aneinandergeraten sein.«

»Oder Merryweather war für die Verhaftung eines ihrer Lieben verantwortlich«, spekulierte Justus.

Bob fiel etwas anderes ein. »Ob es mit dem geplatzten Hotelverkauf zusammenhängt?«

»Möglich.« Der Erste Detektiv ließ sich die Artikel, die er gelesen hatte, durch den Kopf gehen. »Aber ich könnte dafür zumindest aus den Zeitungsberichten keinen Anhaltspunkt entnehmen. Eher müsste doch der Käufer sauer auf Mrs Fleckenstein gewesen sein, da der Verkauf geplatzt ist.«

Sie hörten ein Geräusch auf dem Gang. Fast im selben Moment klappte der kleine Deckel an der Tür hoch. Eine Plastikflasche wurde hereingestoßen und rollte bedächtig auf dem Boden aus. Dann war der Verschluss wieder zu.

»Danke, Mrs Fleckenstein!«, rief Justus.

Keine Antwort.

Peter sprang auf und nahm die Flasche. »Wasser«, sagte er, »immerhin. Nur das Abendessen wird wohl ausfallen, Justus.«

Der Erste Detektiv legte den Kopf schief. »Wieso sagst du: *Justus*? Und nicht: *Bob*? Oder wenigstens: *Bob und Justus*?«

Peter nahm einen Schluck und schmunzelte. »Ganz einfach, weil du am verfressensten von uns allen bist! Aber ich gebe zu: Eine Pizza würde mir jetzt auch gefallen.«

»Mir auch«, sagte Bob. »Mein Cousin hat mal gesagt: nicht dran denken. An den Hunger, meine ich. Der Körper hält viel mehr aus, als man glaubt. Das geht schon mal für eine Nacht und länger.«

»Vorher wird uns auch keiner vermissen«, sagte Justus. »Eure Eltern glauben, ihr seid bei mir, was in gewisser Weise ja auch stimmt. Und Tante Mathilda rechnet heute Abend nicht mehr mit uns.«

»Aber Kommissarin Merryweather wird uns morgen zum Rapport erwarten«, erinnerte sich Peter. »Und zwar um acht. Wenn wir nicht kommen, wird sie dem nachgehen.«

Justus knipste die Taschenlampe aus, um Batterie zu sparen. »Glaubst du wirklich? Für sie sind wir doch nichts als eine kleine snobistische Jugendgang. Ich glaube kaum, dass sie Nachforschungen anstellen wird, nur weil wir ihr nicht pünktlich auf der Nase herumtanzen. Nein, auffallen wird unsere Abwesenheit erst dann, wenn sich Tante Mathilda an die Polizei wendet oder irgendwann vielleicht doch die Kommissarin auf dem Schrottplatz anruft.«

»Was heißt snobistisch?«, wollte Peter wissen.

»Aufgeblasen, arrogant, wichtigtuerisch, herablassend, eingebildet …«, sagte Bob. »Noch mehr?«

»Reicht«, sagte Peter, »ich persönlich finde mich da nicht wieder.«

»Ich sagte ja auch, dass wir das *für die Kommissarin sind*«, erwiderte Justus. »Selbstverständlich sind wir alles andere als snobistisch.«

»Ja«, sagte Peter, »gerade sind wir ziemlich ratlos.«

Es wurde eine mehr als unbequeme Nacht. Die drei ??? saßen zunächst noch eine ganze Weile im Dunkeln, grübelten vor sich hin. Später versuchten sie abwechselnd, auf dem Metallrost der Pritsche zu schlafen. Wem es gelang, fiel in wirre Träume und wachte davon schweißgebadet mit Schmerzen in den Gliedern auf. Die drei ??? hofften nur auf eins: dass die Nacht endlich vorüberging und sie irgendwie hier herauskommen würden.

Schließlich hörten sie Schritte auf dem Gang. Die Türklappe ging wieder auf und eine weitere Flasche Wasser rollte ins Gefängniszimmer. Ein Laib Brot folgte, auf den sich die drei ??? hungrig stürzten.

Dann war draußen wieder alles ruhig.

Kauend sah Justus auf die Uhr: kurz nach sieben.

Es wurde acht. Dann halb neun. Viertel vor neun. Zehn. Halb elf.

Die drei ??? gingen verschiedene Theorien durch, warum Mrs Fleckenstein die Kommissarin hätte herlocken wollen. Doch alles blieb pure Annahme, sie hatten keinen Hinweis. Letztlich konnten sie nichts anderes tun als warten.

Plötzlich wieder ein Geräusch auf dem Gang. Oder hatten sie sich getäuscht? Die drei ??? hockten gerade auf der Pritsche.

»Mittagessen?«, murmelte Justus hoffnungsvoll. »Dazu ist es nie zu früh …«

Der Öffnungshebel knarzte.

Sofort sprangen die Detektive auf und stellten sich in Abwehrposition. Justus und Bob hielten ihre ausgeschalteten Taschenlampen in der Hand – bereit, die Angreiferin sofort zu blenden und sich auf sie zu stürzen. Sie konnten nicht ausschließen, dass Mrs Fleckenstein handgreiflich werden würde. Oder wollte sie sie laufen lassen?

Langsam ging die Tür einen Spalt weit auf. Ein Lichtstrahl traf Peter.

»Hallo?«

Die Stimme einer Frau.

Im selben Moment wurde die Tür ganz aufgedrückt. Der Schein der Taschenlampe begann zu schlingern und die Lampe landete klackernd auf dem Boden, wo sie erlosch.

Die Tür schlug zu!
Und irgendetwas kam auf die drei ??? zugeflogen.
Justus bekam einen Arm zu fassen, verlor dabei aber seine Lampe, gerade als er sie anknipsen wollte.
Peter rang stöhnend mit einer Person, die sich heftig wehrte. Er erhielt einen Schlag gegen den Brustkorb, doch dann gelang es ihm, seinen Gegner mit nur einem Griff in den Schwitzkasten zu nehmen. Auch Bob schnaufte hörbar.
»Halt!«, rief Justus. »Sofort aufhören!« Der Erste Detektiv wusste mit einem Mal, wen sie vor sich hatten. Er hatte die Stimme erkannt.

Der blaue Rucksack

Justus kniete sich auf den Boden. Mit ausladenden Armbewegungen suchte er seine Taschenlampe. Endlich bekam er sie zu fassen. Hoffentlich hatte sie den Sturz heil überstanden. Er schaltete sie an. Als Erstes fiel der Strahl auf Peter, der feststellte, dass er in der Dunkelheit mit niemand anderem als Bob gekämpft hatte. Und dann auf eine Frau, die sich gerade vom Boden aufrappelte.

»Mrs Merryweather!«, rief Bob überrascht aus.

»Wer denn sonst?« Sie stand auf und zupfte sich ihr rot-gelbes Kleid unter dem grünen Blazer zurecht. »In was bin ich denn hier reingeraten? Wer hat mich da eben gestoßen? Bitte klärt mich sofort auf!«

»Das wüssten wir auch gerne«, erhob Justus das Wort. »Sie müssten das doch wissen, Sie waren es doch, die uns hierhergeschickt hat.«

»Ja, um albernen Geisterstimmen nachzugehen, nicht, um in einem Bunker eingesperrt zu werden. Also: Was zum Teufel geht hier vor?«

Justus wollte gerade antworten, als er im Licht seiner Lampe auf dem Fußboden etwas sah, was sein Herz höher schlagen ließ. »Der Rucksack«, murmelte er überrascht und rief dann aufgeregt: »Sie haben den Rucksack mit dem Seil mitgenommen! Mrs Merryweather!«

»Ja, und? Schlimm?«

»Nein, keine Sorge«, sagte Justus und legte einen Finger an die Lippen. »Leise bitte. Wir können gehört werden. Und gesehen.« Er leuchtete auf den Spiegel. »Wir befinden uns in einer Art Gefängnis- und Verhörkammer.«

Die Überraschung stand Mrs Merryweather deutlich ins Gesicht geschrieben.

Mit einem gezielten Tritt beförderte Justus den Rucksack an die Wand direkt unter den Spiegel, sodass er durch das Fenster nicht mehr gesehen werden konnte.

Die Kommissarin blickte den Ersten Detektiv stirnrunzelnd an, wandte sich dann zur Tür und suchte etwas ungeschickt nach einer Möglichkeit, sie zu öffnen. »Die ist aber auch so was von zu. Das verdammte Ding muss doch irgendwie aufgehen!« Offenbar hatte sie immer noch nicht den Ernst der Lage erkannt.

»Sie können sicher sein, dass wir jede Möglichkeit genauestens überprüft haben«, sagte Justus. »Tür, Telefonempfang, Aufbruchswerkzeuge. Wir kommen hier nicht raus. Zeit genug hatten wir dafür.«

»Steckt ihr etwa schon seit gestern Abend hier?« Sie wandte sich wieder um.

»Ja.«

»Ihr seid nicht zum Rapport gekommen heute früh. Auf der Wache war nichts los, die Sonne scheint und es ist Sonntag. Da habe ich mich auf den Weg gemacht. Eigentlich dachte ich an einen netten kleinen Ausflug in die unberührte Natur. Officer Brown soll den Laden ruhig mal alleine schmeißen. Ehrlich gesagt, hätte ich nicht geglaubt, dass ihr an Devil's Corner seid, bis ich eure Fahrräder gesehen habe.«

»Die haben Sie wiedererkannt?«, fragte Peter.

»Natürlich. Ich habe euch gestern wegfahren sehen. Vergiss

nicht: Ich bin Polizistin! Erfahrene Polizistin. Da hat man ein Auge für Details.«

»Das hat Justus auch«, erklärte Bob.

»Logisch, ihr seid natürlich total super! Jedenfalls habe ich dann das kaputte Zelt entdeckt. Darin eine aufgeweichte Visitenkarte.« Sie kramte in ihrer Gesäßtasche. »Hier.« Sie hielt die Karte hoch und begann vorzulesen: »Die drei …«

»Psst!«, machte Justus.

Die Kommissarin senkte die Stimme. »Ja doch, ich weiß, jemand hört mit. Jedenfalls war damit klar, dass ihr schon gestern Abend hier gewesen sein musstet. Der Regen. Und euer Zelt war das ja wohl nicht. Viel zu klein für drei, nur ein Schlafsack …«

»Nein«, bestätigte Justus. »Wir haben es grob untersucht, konnten uns jedoch keinen Reim darauf machen.«

»Ich auch nicht. Vielleicht gehört es dieser Mrs Fleckenstein. Ich dachte, ihr werdet doch wohl gestern Nacht nicht gemeinsam auf Geisterjagd gegangen sein und euch verlaufen haben.«

»Das ist nicht unsere Art«, sagte Bob, »also das mit dem Verlaufen.«

»Wie du meinst«, sagte Mrs Merryweather. »Was ist hier nun überhaupt los?«

»Die Antwort würden wir eher von Ihnen erwarten«, sagte Justus ruhig. »Wir wissen nur, dass jemand Sie hierhinlocken wollte. Stattdessen sind wir erschienen. Und das kam nicht so gut an.« Er sprach leiser und berichtete, was sie bisher erlebt hatten.

Als er fertig war, warf Lisa Merryweather einen Blick auf die Pritsche. »Da möchte ich auch nicht drauf übernachten«, sagte sie und fügte fast lautlos hinzu: »Aber dann lasst uns deine Idee mit dem Seil ausprobieren, Justus, auf dass wir hier herauskommen!«

Doch auf einmal hatte es der Erste Detektiv nicht mehr eilig. »Ausbrechen können wir immer noch, Kommissarin Merryweather. Zunächst interessiert uns, um was es dieser Mrs Fleckenstein überhaupt geht.«

Ein Lächeln erschien auf Mrs Merryweathers Gesicht. »Ah, kluger Junge. Wir bleiben noch ein wenig hier! Vielleicht gehen ja gleich wieder die Lautsprecher an, von denen du erzählt hast.«

»Und sie haben noch nie vorher von der Dame gehört? Kein Kontakt? Nichts?«

»Nichts«, sagte die Kommissarin. »Ich habe keinen Schimmer. Ich dachte, das ist irgendeine schrullige nette Frau.«

»Dafür schlägt sie recht handfest zu«, bemerkte Peter. »Schrullig vielleicht, aber nett ist die bestimmt nicht. Haben Sie eigentlich Ihre Waffe dabei?«

»Die liegt auf der Wache«, sagte die Kommissarin. »Dachte, so was braucht man in Rocky Beach nicht. Aber zum Glück bin ich ja bei euch. Mit mir kriegt ihr das schon wieder hin!«

Sie tat einen Schritt, knickte mit dem Fuß um und verlor das Gleichgewicht.

»Hoppla!« Peter bekam sie zu fassen und fing sie ab. »Was war das denn? Ihre Schuhe?«

»Da lag etwas, auf dem ich …«

Justus leuchtete den Boden ab.

»Ach. Mein Buch, das ich mir mitgenommen habe«, rief die Kommissarin aus. »Es muss mir in dem Durcheinander aus der Hand gefallen sein.« Bevor sie sich die Lektüre greifen konnte, hatte Justus sich schon gebückt und sie an sich genommen. Er warf einen Blick auf den Titel. *Die Insel des Todes* von *Benjamin More*.

»Ich liebe Spannungsliteratur«, erläuterte Mrs Merryweather. »Ich weiß natürlich nicht, ob so ein Abenteuerroman etwas für so kluge Jungs wie euch ist. Wenn ja, verleihe ich es gern, wenn ich durch bin. Ich habe es gestern bei Booksmith gefunden. Soll ich euch verraten, woher ich den Tipp dazu erhielt?«

Doch dazu kam sie nicht mehr.

Das Neonlicht flackerte und sprang kurz darauf ganz an.

Die Lautsprecher knisterten.

Man hörte das Rutschen eines Stuhls. Und dann: »Willkommen, Kommissarin Merryweather!«

Die Enttarnung

Die drei ??? starrten auf das in die Wand eingebaute Fenster, auf dessen anderer Seite nun offenbar Mrs Fleckenstein Platz genommen hatte. Natürlich sahen sie die Frau nicht, doch es war anzunehmen, dass sie von derselben Person beobachtet wurden wie gestern Abend.

Lisa Merryweather war so überrascht, dass sie nicht mehr als ein »Hallo« herausbrachte.

»Schön, dass Sie da sind!«, drang es aus dem Lautsprecher.

Wieder klang die Stimme sehr verzerrt und Justus überlegte, ob es an der alten Anlage lag oder ob Mrs Fleckenstein einen sehr extremen Verzerrer benutzte, damit man ihre Stimme nicht erkennen konnte.

Die Kommissarin hatte sich schnell wieder gefangen. »Lassen Sie uns unverzüglich frei!«, befahl sie. »Sie stehen mit einem Fuß im Gefängnis und es wird nicht lange dauern, bis es zwei sind!«

»Sie befinden sich nicht in der Lage, solche Thesen aufzustellen, Mrs Merryweather«, kam die Antwort aus dem Lautsprecher. »Ist Ihnen das immer noch nicht klar? Und warum haben Sie die Jungen vorgeschickt? Nun tragen Sie auch noch die Verantwortung für diese neugierigen Kinder.«

»Wir sind keine Kinder«, stellte Justus fest. »Und wir können sehr gut selbst auf uns aufpassen.«

»Wie man ja sieht«, kam die kichernde Antwort.

Die Kommissarin wandte sich an die drei ???. »Die Frau ist doch nichts als eine geistesgestörte alte Schachtel«, sagte sie mit gedrosselter Stimme. »Solche Typen kenne ich. Vermutlich eine aussortierte Hollywoodschauspielerin mit krankhaftem Geltungsbedürfnis.«

Justus grinste.

»Ich habe alles mitgehört«, kam es aus dem Lautsprecher. »Vergessen Sie nicht: Irgendwann bekommen Sie Durst da drinnen. Und Hunger. Ich bin nicht zum Scherzen hier.«

»War ein Versuch«, flüsterte die Kommissarin den Jungen zu. »Hat nicht geklappt.« Laut sagte sie: »Tut mir leid, Lady. Bin etwas im Stress. Also, was wollen Sie?«

»Mich mit Ihnen unterhalten.«

»Gerne. Hier bin ich.«

Es entstand eine lange Pause und die drei ??? dachten schon, Mrs Fleckenstein hätte ihren Posten verlassen. Doch dann vernahmen sie: »Mir geht es um … also … um einen älteren Fall. Um einen jüngeren älteren Fall, um genau zu sein.«

Justus sah an ihrem Gesichtsausdruck, wie dieser Satz eine wahre Gedankenlawine in Mrs Merryweather auslöste. Auch sein Gehirn begann zu rattern.

»Um welchen?«, fragte die Kommissarin vorsichtig.

»Brad Cole.«

»Der Kunstdieb!«, entfuhr es Mrs Merryweather.

Justus war ganz nahe an die Kommissarin getreten. »Dessen Kumpel Sie vor Kurzem haben laufen lassen?«, flüsterte er. »Geht es darum, Mrs Merryweather?«

»Woher weißt *du* das denn, Bürschchen?«

»Ist doch jetzt egal, ich …«

»Was flüstert ihr da?« Die Stimme aus dem Lautsprecher klang schneidend.

Mrs Merryweather zuckte zusammen und sagte: »Von mir hören Sie nichts, bevor Sie nicht die drei Jungen freilassen!«

»Nein …« Justus legte der Kommissarin eine Hand auf den Arm. »Wir lassen Sie hier nicht allein.«

»Doch«, sagte Peter, der hinzugetreten war. »Das tun wir.«

Justus schüttelte den Kopf. »Peter! Wir sind Detektive …«

»Ja genau, Detektive, und keine Gefangenen von irgendeiner Verrückten!«

»Nicht so laut.« Justus senkte die Stimme weiter: »Wir lösen jeden Fall. So auch diesen. Wenn man eins und eins zusammenzählt …«

»Die drei Halbstarken kommen hier sowieso nicht raus«, kam es aus den Lautsprechern. »Die alarmieren doch nur sofort Ihre Kollegen. Eine solche Diskussion können wir also abkürzen.«

Unter Peters entsetztem Blick sagte Justus: »Prima, da sind wir uns vollkommen einig, Madam. Wir fühlen uns gerade auch sehr wohl hier. Wenn ich mir die Bemerkung erlauben darf: Sie sind nicht Mrs Fleckenstein, nicht wahr?«

Kurze Pause. »Schlaues Bürschchen!«

»Sie benutzen einen Stimmverzerrer, um uns zu täuschen. Sie sollen wie eine ältere Dame klingen. In Wirklichkeit jedoch handelt es sich bei Ihrer wahren Identität um genau jene Person, die mit Brad Cole zusammen ein wertvolles Kunstobjekt gestohlen hat.«

Durch den Lautsprecher drang ein Knacksen. Dann sagte eine tiefe männliche Stimme: »Entweder hat die Kommissarin zu viel geredet oder du bist bei deiner Geburt in ein Klugheitsserum gefallen. Ich widerspreche dir jedenfalls nicht.«

»So klingt Ihre Stimme also wirklich«, fuhr Justus fort. »Jetzt, wo es Ihnen gelungen ist, die Kommissarin in diesen Bunker zu locken, können Sie Ihre Tarnung aufgeben. Was wollen Sie von ihr?«

Lisa Merryweather schob Justus entschlossen zur Seite. »Es reicht, Justus! Ich führe hier die Verhandlung! Woher weißt du überhaupt von dem Kunstraub?«

»Wir hatten einen vagen Hinweis …«, fing Bob an.

»Von wem?«

»Nun, Officer Brown erwähnte nebenbei …«, fuhr Peter fort.

»Aha! Die Rocky Beachler unter sich!«

»Und den Rest habe ich recherchiert«, ergänzte Justus. »So schwer war das nicht.«

Mrs Merryweather schüttelte unwirsch den Kopf und wandte sich der Scheibe zu, hinter der, wie sie nun wusste, der zweite Dieb saß. Der, dem die Flucht vor der Polizei gelungen war. »Was wollen Sie? Rache?«

»Keine schlechte Idee«, war die Antwort.

»Oder wollen Sie Ihren Kumpel freipressen? Das können Sie sich abschminken! Zumal er gerade in ein anderes Gefängnis verlegt worden ist. An den komme ich nicht mehr ran, selbst wenn ich wollte.«

»Wie lief das eigentlich mit der Verhaftung?«, mischte sich Justus wieder ein.

»Dienstgeheimnis, mein kleiner Detektiv.«

»Nun«, sagte die Stimme aus den Lautsprechern. »Ich kann gerne etwas zur Erhellung beitragen. Irgendwie muss die Polizei den Hinweis bekommen haben, dass wir uns in einer alten Autowerkstatt in Santa Monica versteckt hielten. Jedenfalls rückten die Cops an. Wir flohen und schüttelten die Verfolger ab. Bis diese Kommissarin in ihrem roten Alfa auftauchte und sich an unsere Fersen heftete. Da haben wir uns aufgeteilt. Sie konnte nur einem folgen. Und entschied sich für Brad. Warum haben Sie ihn gewählt, Mrs Merryweather?«

»Weil er ein Päckchen unter dem Arm trug. Damit kann man nicht so schnell rennen.«

»Eine gute Entscheidung«, kommentierte Justus. »Und Sie haben ihn ja auch erwischt.« Doch er schloss aus Mrs Merryweathers Gesichtsausdruck, dass es sich dabei noch nicht um die ganze Wahrheit handelte. Oder war die Kommissarin nur sauer, weil der Kerl hinter dem Fenster so munter mit Justus plauderte?

Da verwandelte sich die Miene der Frau zu einem breiten Grinsen. Ihr musste ein Gedanke gekommen sein, der ihr gefiel. »Sie haben sich für Ihren Raub eine wirklich schöne Skulptur ausgesucht«, sagte sie. »Gestohlen aus Privatbesitz. Ein Werk aus der späten Phase von Giaccomo Klein. *Das Füllhorn der Moderne.*«

Der Mann im Nebenraum hüstelte und schwieg kurz. Irgendetwas an dem, was die Kommissarin gesagt hatte, schien ihm nicht zu gefallen. »Erzählen Sie mir von Ihrem Verhör mit Brad«, sagte er dann. »Über was habt ihr gesprochen?«

»Ihren Namen hat er leider nicht verraten«, antwortete die Kommissarin. »Oder vielleicht doch?«

»Sie hätten ihn längst erwähnt, wenn er es getan hätte«, sagte der Mann.

»Nun ja, wir haben geplaudert. Über dies und das und auch über jenes«, sagte Mrs Merryweather und lächelte.

Der Mann stöhnte gequält auf. »Sie vergessen …«, kam es aus dem Lautsprecher, »… dass ich sehr viel Zeit habe. Sie hingegen sehr viel weniger.«

»Meine Kollegen wissen, dass ich hier bin«, sagte Kommissarin Merryweather, »sie werden anrücken und uns finden. Das dürfte das Ihrige Zeitbudget enorm verkürzen.«

»Sie bluffen!«

»Lassen Sie es doch einfach drauf ankommen.«

»Und wenn schon! Ich habe den Eingang zum Bunker wieder vernagelt. Keiner wird auf die Idee kommen, hier nach Ihnen zu suchen. Ihre Kollegen werden in der unzugänglichen Gegend der Steilküste nach Ihnen schauen, bis sie denken, dass Sie ins Meer gefallen und fortgespült worden sind!«

Das Neonlicht ging aus.

»Halt!«, rief Justus, der unbedingt einen Abbruch des Gesprächs verhindern wollte. »Was möchten Sie wissen?«

»Ganz einfach. Was Brad gesagt hat.«

Nun stöhnte die Kommissarin auf. »Es war wirklich nicht von Belang. Nichts, was Sie jetzt noch interessieren dürfte. Ich kann mir schon denken, worauf Sie so neugierig sind. Ob er mir etwas verraten hat!«

»Und? Hat er?«

»Oh ja. Und ob Ihnen das nun gefällt oder nicht: Ich habe herausbekommen, wo er die Skulptur versteckt hat! Ich habe sie gefunden und mit eigenen Augen gesehen. Wenn es Ihnen darum geht, können Sie es also vergessen.«

Justus konnte ihrem Tonfall nicht entnehmen, ob das der Wahrheit entsprach oder ob sie pokerte. Nach dem, was er sich zusammengereimt hatte, tippte er auf Letzteres.

»Und? Hat sie Ihnen gefallen?«, fragte der Mann.
»Ich habe sie gleich erkannt! Ein Füllhorn, gearbeitet aus dünnem Gold, überzogen mit durchsichtigem Plastik, in das sehr geschickt popartige Icons der Moderne eingearbeitet sind. Vom Peace-Symbol bis zum Warnzeichen für Radioaktivität, von der Stones-Zunge bis zur schwarzen Faust. Oh ja, ich kann verstehen, dass das Gefallen findet!«
»Ach, ich glaube Ihnen kein Wort«, sagte der Mann.
»Lassen Sie uns jetzt frei«, forderte Kommissarin Merryweather unbeeindruckt. »An die Skulptur kommen Sie nicht mehr!«
Kurze Pause. Dann fuhr der Mann fort: »Sie bluffen! Brad hat Ihnen niemals was über die Beute verraten. Dazu ist er viel zu clever. Ich wette, er hat Sie dumm und dämlich gequatscht. Worüber? Hunde? Oder Bücher? Das sind seine zwei Spezialgebiete. Bei Ihnen tippe ich auf … Bücher! Was hat er Ihnen denn ans Herz gelegt? Für die hübsche Kommissarin einen kleinen Liebesroman?«
»Nein, natürlich einen Krimi«, sagte die Kommissarin patzig. »Wäre das auch was für Sie? Dann müssten Sie aber aus Ihrem Versteck herauskommen, wenn Sie ihn lesen wollen!«
»Ach, Sie haben ihn sogar dabei?«
Im selben Moment griff Justus im Dunkeln zur Seite und erwischte Lisa Merryweather am Arm. »Stopp!«
Die Kommissarin zuckte zusammen und schob gereizt seine Hand weg. »Was soll das?«
»Ich glaube, das Buch enthält eine Botschaft«, zischte ihr Justus zu.

Justus' Trick

Lisa Merryweather schluckte hörbar. »Aber ich habe mir das Exemplar doch erst gestern gekauft«, flüsterte sie. »Brad Cole hatte es nie in den Händen. Wie kann das Buch da eine Botschaft von ihm enthalten?«

»Vielleicht täusche ich mich auch«, sagte Justus, »aber hinter dem harmlosen Geplauder über Literatur könnte mehr stecken als eine Ablenkungstaktik.«

»Was soll die Flüsterei!«, drang es aus den Lautsprechern. Das Licht ging wieder an.

Doch eins wollte Justus von der Kommissarin noch wissen. »Haben Sie die Skulptur wirklich gefunden?«, fragte er leise.

»Die gestohlene?« Mrs Merryweather zögerte.

»Bitte!«, drängte Justus.

Sie schüttelte fast unmerklich den Kopf.

»Okay«, flüsterte der Erste Detektiv. »Sie war also in dem Paket. Das Brad auf seiner Flucht in einem unbeobachteten Moment versteckt hat?«

Nun deutete sie ein Nicken an.

Jetzt war Justus auf der Spur. Er wandte sich Richtung Spiegel. »Haben Sie tatsächlich Interesse an dem Buch, Sir? Wollen Sie sich die Zeit mit etwas Lektüre vertreiben?«

Der Mann lachte. »Mich interessiert ganz allgemein, mit was sich Brad so beschäftigt im Knast.«

»Eins ist mir nicht klar, Mister Unbekannt«, sagte der Erste Detektiv und unterbrach sich kurz, weil er den Eindruck hatte, auf dem Flur ein Geräusch gehört zu haben. Doch er musste sich wohl getäuscht haben. »Es ist letztlich ein Zufall, dass Mrs Merryweather dieses Buch gekauft hat. Was hätten Sie getan, wenn sie es nicht dabeigehabt hätte?«

»Du denkst wirklich mit, mein Bursche. Ich wollte nur wissen, wie es heißt, aber wenn ihr es schon dabeihabt … will ich es haben! Gebt mir das Exemplar! Durch die Essensklappe. Im Gegenzug erhaltet ihr auch eine Flasche Wasser.«

»Nur eine?«, sagte Justus. »Wir sind zu viert. Und wer weiß, wann Sie uns wieder rauslassen.«

»Dazu kann ich euch nichts versprechen.« Der Mann räusperte sich. »Wartet einen Moment. Ich bin gleich da.« Man hörte, wie ein Stuhl verrutscht wurde.

Plötzlich wurde Justus hektisch. »Dein Rucksack, Peter!«, flüsterte er. »Schnell!« Der Kommissarin lag eine Frage auf der Zunge, doch der Erste Detektiv kam ihr zuvor. »Vertrauen Sie mir. Laufen Sie im Raum herum, tun Sie irgendwas, was den Mann ablenkt, falls er uns noch beobachtet!«

Sie nickte, und Peter warf Justus, der sich in den toten Winkel unter das Verhörfenster gesetzt hatte, eilig seinen Rucksack zu. Justus öffnete ihn rasch und fand in einem Seitenfach den Minisender mit dem Mikrofon. Auch eine kleine Rolle mit doppelseitigem Klebeband hatte Peter dabei. Justus biss ein kleines Stück davon ab, klebte eine Seite an den Sender und schaltete diesen ein.

Schritte erklangen auf dem Gang.

Justus schnappte sich ein Mäppchen, das ihr kleines Detektivinstrumentarium enthielt, und entnahm ihm eine Pinzette.

Die Klappe in der Tür wurde geöffnet. »Das Buch!«, rief der Mann von der anderen Seite.

»Wir dürfen ihm das Buch nicht geben«, flüsterte Kommissarin Merryweather, die vor Justus stehen geblieben war und in das verspiegelte Fenster starrte.
»Vertrauen Sie mir«, wiederholte Justus. Seine Hände zitterten leicht und er brauchte einen Moment, sich wieder auf die Arbeit zu konzentrieren. »Wie haben Sie das mit den Geisterstimmen gemacht, Sir?«, rief er, um Zeit zu gewinnen. Vorsichtig entfernte er den Schutzstreifen auf der zweiten Seite des Klebebands. Dann griff er den Sender mit der Pinzette und führte ihn langsam in den schmalen Spalt zwischen Buchblock und Buchrücken von *Die Insel des Todes* ein. Als er nicht mehr tiefer kam, drückte er das kleine Gerät innen gegen den Buchblock, sodass es dort festklebte.
»Ein Lautsprecher hinten im Gang«, antwortete der Mann.
»Und draußen am Zelt – das waren doch Sie, der uns im Gewitter beobachtet hat, oder?«
»Ganz genau!«
Mit einem kurzen Druck von außen sicherte Justus seine Konstruktion noch einmal ab. »Jetzt kann er das Buch haben«, flüsterte er.
»Was ist das«, fragte die Kommissarin leise, »ein Peilsender?«
»Ein Mikrofon mit Sender«, antwortete Justus.
»Das Buch!«, drang die Stimme aus dem Flur. »Wird's bald?«
»Erst das Wasser«, sagte Peter ruhig.
»Das Buch!«
»Erst das Wasser«, wiederholte Peter.
Eine Plastikflasche rollte auf den Boden.
Justus reichte Peter das Buch, der schob den Krimi vorsichtig durch die Öffnung. Der Mann auf der anderen Seite riss es ihm

förmlich aus den Händen und schlug eilig die Durchreiche zu. Schritte auf dem Gang entfernten sich.

»Jetzt müssen wir Glück haben«, sagte Justus.

»Wie meinst du das?«, fragte Mrs Merryweather.

»Die Reichweite des Senders ist begrenzt. Ich setze darauf, dass es der Dieb kaum erwarten kann, die Botschaft zu entschlüsseln und erst einmal in den Nebenraum geht. Und wir irgendetwas zu hören bekommen, ein Telefonat oder ein Selbstgespräch.«

»Und wenn er einfach nur still in dem Buch liest?«

»Dann müssen wir uns möglichst schnell befreien und die Verfolgung aufnehmen. Einen besseren Plan habe ich nicht.«

Die Kommissarin nickte. »Na, dann hoffen wir mal, dass dein Seiltrick mit der Tür gelingt.«

»Erst, wenn der Mann weg ist!« Justus nahm nun auch den Mini-Empfänger aus dem Rucksack und schaltete ihn ein. Ein Rauschen drang aus dem kleinen Lautsprecher, aber so leise, dass man es über die Mikrofone im Nebenraum nicht mithören konnte, falls der Mann das überhaupt tat. Vermutlich hatte er die Anlage komplett ausgeschaltet, damit man auch von ihm nichts mitbekam.

Peter und Bob setzten sich zu Justus an die Wand. Mrs Merryweather drängte sich zwischen sie.

Aus dem kleinen Empfänger drangen Schrittgeräusche. Dann das Kreischen einer rostigen Tür.

Sie hörten, wie sich der Mann einen Stuhl zurechtrückte. Dann klackte etwas. Eine Stimme erklang, wie von einem Tonband oder aus einem Telefon. Es war nicht die Stimme des Mannes, sie war höher, heller, jünger. »... soll ich Ihnen mitteilen. Eins – null – zwei – zwei – vier – null – neun …« Es folgten weitere Ziffern. Ihr »Gefängniswärter« murmelte diese leise nach, so wie man es macht, wenn man etwas niederschreibt.

»Was ist das?«, flüsterte Peter, doch Justus unterbrach ihn mit einer harschen Handbewegung. Und Peter begriff, was der Erste Detektiv tat: Die Augen geschlossen, der Gesichtsausdruck hoch konzentriert – mit seinem Superhirn merkte er sich die Zahlenfolge!

Auch Bob war klar, was Justus gerade leistete. Er suchte zur Unterstützung Block und Bleistift aus dem Rucksack zusammen und drückte Justus beides in die Hand. Beeindruckt sahen sie zu, wie der Erste Detektiv die Kombination in einem Rutsch niederschrieb.

Auch Kommissarin Merryweather hatte den Atem angehalten. »Wow!«, sagte sie, als Justus fertig war. Sie riss das Papier ab und starrte auf die Zahlen.

Nun knackte etwas im Lautsprecher.

»Er hat das Buch aufgeschlagen«, flüsterte Justus. »Er blättert darin. Er entschlüsselt den Code!«

Unterbrochen von Pausen drangen Worte aus dem Mini-Empfänger. Begriffe, die der Mann nebenan offenbar aus dem Buch zusammensuchte und niederschrieb.

»Parkplatz … konnte … einen … so … Pfefferminzbonbon …« Justus schrieb alles mit.

»*Parkplatz konnte einen so Pfefferminzbonbon* – das ergibt doch keinen Sinn!«, rief der Mann aus. Er blätterte wieder, fand offenbar andere Wörter, kam aber auch damit nicht weiter. Er hörte die Nummernfolge ein zweites Mal ab und fluchte leise. Plötzlich knarzte die Lautsprecheranlage in dem Gefängnisraum. »Das ist das falsche Buch!«, rief er durch die Lautsprecher. »Sie haben mich reingelegt, Merryweather! Wo sind Sie überhaupt? Stellen Sie sich gefälligst vor den Spiegel!«

»Ich habe Sie nicht reingelegt«, antwortete die Kommissarin und stand auf. »Womit sollte ich? Ich weiß nicht, was Sie meinen! Das war das Buch, über das mir Ihr Kollege fast das Ohr abgekaut hat. *Die Insel des Todes*! Ich kann Ihnen nichts anderes sagen. Und ich will endlich raus hier!«

»Einen Moment!«, rief der Mann und schaltete die Anlage erneut aus.

Sie hörten – nun wieder über Justus' Mini-Empfänger –, wie der Mann im Buch blätterte. »Aha!«, rief er dann. »Das könnte es tatsächlich sein …« Er schaltete die Anlage wieder ein. »Haben Sie das Buch von Brad zu Gesicht bekommen, Merryweather?«

»Wie bitte?«, fragte die Kommissarin. »Sein eigenes? Beim Verhör? Nein, aber …«

»Gut. Ich gebe euch eine Chance! Wenn Sie die Wahrheit gesagt haben, dann kommen Sie zügig frei. Wenn nicht, müssen wir uns leider noch einmal sehr intensiv unterhalten! Und glauben Sie mir, das wird dann kein Spaß für Sie!«

Ein tiefer Fall

Ohne die Lautsprecherverbindung zu den drei ??? zu kappen, verließ der unbekannte Mann, der sie eingesperrt hatte, den Nachbarraum. Die Detektive und Mrs Merryweather konnten hören, wie er den Gang entlanglief. Bald vernahmen sie die Schritte nur noch aus dem kleinen Mini-Empfänger. Doch nach einigen Sekunden erstarb auch dieses Geräusch und ging in ein gleichmäßiges Rauschen über. Der Mann hatte den Sendebereich verlassen.

»Wir müssen uns beeilen!«, rief Justus und griff den blauen Rucksack mit dem Seil, den die Kommissarin aus dem vorderen Teil des Bunkers mitgebracht hatte.

Peter fragte: »Was bedeuten diese Zahlenkolonnen, die du dir gemerkt hast?«

»Ich nehme an, es sind Ziffern, die in einer vorher festgelegten Reihenfolge auf Seiten, Zeilen und Wörter hinweisen«, erklärte Justus. »Und zwar für ein bestimmtes Buch. Wenn der Absender und der Empfänger das gleiche Exemplar besitzen, können sie sich so eine Botschaft übermitteln. Ein alter, aber auch eleganter und wirkungsvoller Code.« Inzwischen hatte der Erste Detektiv das Seil gefunden und zog es heraus.

»Was könnte dieser Brad Cole seinem Kumpel denn aus dem Gefängnis mitgeteilt haben?«, fragte Peter weiter. »Etwas über die Beute? Das Versteck vielleicht?«

»Ja, das denke ich.« Justus rollte das Seil aus und prüfte es mit seinem Blick. »Brad hat die Skulptur auf seiner Flucht irgendwo deponiert. Wo, das möchte er nun seinem Kameraden mitteilen.« Er warf einen Blick auf die Kommissarin. »Wie konnte der Dieb die Beute überhaupt verstecken, Mrs Merryweather? Sie haben ihn doch verfolgt? Das hätten Sie doch beobachten müssen.«

»Er ist mir zwischendurch entwischt. Rannte einfach zwischen zwei Grenzpfosten in den Strandbereich und ich konnte ihm mit meinem Wagen nicht folgen. Erst eineinhalb Stunden später habe ich ihn entdeckt, als er aus einem Bus stieg. Dank meiner Intuition. Meine Polizisten haben die Werkstatt untersucht, in der wir die beiden entdeckt hatten, während ich meinem Gefühl gefolgt und durch die Straßen gestreift bin. Brad Cole rechnete nicht mit mir. Na, und da habe ich ihm kurz und bündig die Handschellen angelegt! Doch die Beute hatte er nicht mehr bei sich.«

»Und im Verhör hat er wirklich nichts zum Schicksal des Kunstwerks verraten?«, fragte Justus.

Die Kommissarin schüttelte den Kopf.

»Warum sind Sie ihm nicht hinterhergerannt?«, fragte Bob. »Am Strand, meine ich.«

Mrs Merryweather warf einen Blick auf ihr Kleid.

»Der Rock war zu eng zum Laufen«, sagte Peter.

»Ja, der Rock!«, rief Lisa Merryweather aus. »Ich kann einfach nicht in ihm rennen! Na und? So bin ich halt.« Sie machte eine kleine Pause und setzte hinzu: »Wenigstens habe ich im Gegensatz zu meinen Kollegen zumindest einen der Diebe verhaftet.«

»Und uns damit in diese missliche Lage gebracht. Aber das wird sich bald geändert haben.« Mittlerweile hatte Justus in das eine Ende des Seils eine Schlaufe geknüpft. Er streckte sich, um die Schlinge durch das rostige Loch in der Tür zu schieben, doch leider war er zu klein. »Mach mir mal eine Räuberleiter«, forderte er Bob auf.

»Du bist zu schwer!«

»Dann soll Peter hochsteigen. Wir haben nicht ewig Zeit!«

Bob stellte sich in Position und Peter schwang sich nach oben. Mit der einen Hand krallte er sich an der Türoberkante fest, mit der anderen stopfte er das Seil mit der Schlaufe vorweg durch das Loch.

Justus dachte schon weiter. »Wo kam der Bus her?«, fragte er.

»Oxnard«, antwortete die Kommissarin.

»Das klappt nie im Leben«, rief Peter. »Wie soll ich, ohne auch nur irgendetwas zu sehen, die Schlinge um den Hebel bekommen?«

»Hin- und herschwingen«, schlug Justus vor.

Mrs Merryweather zupfte an Peters Hose. »Lass mich mal«, sagte sie. »Ich bin gut in so was.«

Peter ließ das Seil in der Öffnung hängen, stieg ab und machte nun selbst eine Räuberleiter, weil Bob schon lahme Arme hatte. Die Kommissarin kickte ihre Schuhe von den Füßen und kletterte nach oben. Ihre Hände waren zierlicher als Peters, sodass sie sogar ein Stück weit durch die Öffnung greifen konnte.

»Die Entschlüsselung des Codes hat aber offenbar nicht geklappt«, sagte Bob, der die ganze Zeit noch über das Buch nachgedacht hatte. »Der Text ergab keinen Sinn. Unser Gefängniswärter hat nicht gerade zufrieden geklungen, sondern Ihnen sogar gedroht, Mrs Merryweather!«

»Entweder handelte es sich um das falsche Buch oder es gab

eine andersartige Störung«, sagte Justus. »Am Ende scheint der Täter ja irgendetwas entdeckt zu haben. Warum hat er Mrs Merryweather sonst plötzlich doch wieder geglaubt? Zumindest ein Stück weit.«

»Ich hatte denselben Eindruck«, bestätigte Bob.

»Außerdem frage ich mich«, fuhr Justus fort, »auf welchem Weg Brad aus dem Gefängnis heraus seinem Kumpel den Code mitgeteilt hat. Es klang wie ein Telefonanruf. War das Brads Stimme, die wir gehört haben?«

»Klares Nein«, sagte die Kommissarin. »Die Stimme klang anders.«

»Unser Mann hier im Bunker benötigt beides«, sagte Justus, »den Code und den passenden Schlüssel, also das Buch. Brad hat dafür anscheinend zwei Kommunikationskanäle genutzt. Erstens einen Boten für die Ziffern. Dem traute er offenbar nicht zu hundert Prozent, deshalb musste jemand anders die Information mit dem Buch übermitteln. Und dafür wählte er die ihn verhörende Kommissarin. Ausgerechnet! Natürlich ohne dass sie wusste, dass sie Trägerin dieser Information war. Genial.«

Peter stöhnte auf. »Puh! Sie werden mir langsam zu schwer«, sagte er zu Mrs Merryweather.

»Gleich habe ich es, Peter! Halte durch! Du bist doch ein kräftiger Junge ...«

»Kannst du mal mithelfen, Bob?«, bat Peter.

Doch der dritte Detektiv war mit seinen Gedanken noch bei dem, was Justus gesagt hatte. »Aber woher wusste unser Gefängniswärter, dass er sich an die Kommissarin wenden musste, um an den Titel des Buchs zu kommen?«

»Wir haben die Telefonaufnahme nicht komplett gehört«, sagte Justus. »Vermutlich folgte dieser Hinweis noch.«
»Und ist der Weg über eine Polizistin nicht sehr riskant?«, setzte Bob hinterher.
»Vielleicht blieb ihm keine andere Wahl, weil er in Zeitnot war. Ein spontanes Versteck kann schnell entdeckt werden.«
Justus sah auf die Kommissarin, die gerade noch etwas mehr Seil durch das Loch schob und dann vorsichtig mit der Hand hin- und herschwenkte, damit die Schlinge irgendwie den Hebel zu fassen bekam. »Mrs Merryweather, Sie erwähnten doch, das Brad Cole in ein anderes Gefängnis verlegt wurde?«
Sie wandte sich ihm zu, ohne von der Bewegung abzulassen. »Ja, wegen einer anderen Straftat an der Ostküste.«
»Das wäre noch ein Grund, warum ihm die Zeit davonlief«, resümierte Justus. »Soll doch ich es mal versuchen?«
Ein Ruck ging durch das Seil. »Nicht nötig«, sagte die Kommissarin. »Ich scheine das Ding erwischt zu haben! Schaut, die Schlinge hängt fest.«
Die drei ??? hielten den Atem an.
Vorsichtig zog sie an ihrem Seilende. »Hmmm. Wenn ich ziehe, tut sich nichts«, sagte sie verblüfft.
»Ich kann Sie nicht mehr festhalten!«, stöhnte Peter.
»Durchhalten, Zweiter, durchhalten!«, rief Justus. »Mrs Merryweather, wahrscheinlich positioniert sich das Seil zu weit oben, zu nah am Bolzen an der Tür. Dann erreichen Sie keine Hebelwirkung. Geben Sie dem Seil etwas mehr Spiel. Aber bitte nicht so viel, dass es sich wieder vom Hebel löst!«
»Uff!«, stöhnte Peter. Seine Kraft ließ nach. Die Hände taten ihm weh. Peters Kopf war krebsrot.

»Ich helf dir.« Bob trat neben seinen Freund.

»Moment!«, rief die Kommissarin. Sie gab ein paar Zentimeter Seil nach. »So vielleicht?«

Plötzlich schrie sie laut auf.

Vor Schreck ließ Peter ihren Fuß los. Die Frau rutschte ihm entgegen, und der Zweite Detektiv versuchte, so gut es ging, den Aufprall auf dem Boden abzumildern.

Auch Justus sprang herbei, doch er kam zu spät.

Bob sah, dass Mrs Merryweather nur noch die Hälfte des Seils in der Hand hielt. Offenbar war es von der scharfen Roststelle zerschnitten worden. Das war's dann mit ihrer Flucht aus diesem Gefängnisraum, denn nun konnten sie den Hebel nicht mehr erreichen.

»Hoppla!« Ungelenk rappelte sich die Kommissarin hoch, warf einen kurzen Blick auf ihren aufgeschürften Unterarm und zog ihr Kleid zurecht. »Na, so was aber auch! Eigentlich liebe ich ja Spinnen, aber wenn sie so plötzlich über meine Hand krabbeln ...« Entschlossen schob sie Justus zur Seite, trat an die Tür, fasste mit den Fingerspitzen an die Seite und zog. Die Tür ging auf!

»Na, geht doch«, sagte Lisa Merryweather und spazierte fröhlich aus dem Raum.

Verfolgungs-Rallye

»Das haben Sie gut hingekriegt«, sagte Bob und trat nach der Kommissarin hinaus in den Gang.

»Ja, ich habe ein geschicktes Händchen, vor allem dann, wenn es drauf ankommt«, entgegnete sie nicht ohne Stolz. »Denk an meinen Sturz. Die Wucht meines Falls hat den Hebel umgelegt!«

»Also war es eigentlich mein Verdienst«, erklärte Peter.

»Ich werde dir einen Orden verleihen!«, sagte Lisa Merryweather. Sie merkte auf. Man hörte sich entfernende Schritte, allerdings nicht aus der Richtung, aus der alle gekommen waren. Die Kommissarin setzte sich in Bewegung. »Vermutlich der Weg zu einem anderen Eingang, vielleicht in der Nähe des Highways. Von da kommt der Dieb schneller weg.«

Schon nach kurzer Zeit passierten sie eine schwere Betontür, die – ähnlich der am anderen Ende des Bunkers – die Anlage vor Strahlung schützen sollte. Dann waren sie im Freien. Vor ihnen lag eine Zufahrt, die durch ein in einen Maschendrahtzaun eingelassenes Tor gesichert war. Dahinter konnte man den Highway erahnen. Zumindest blitzten Fragmente von Autos durch das Buschwerk und man vernahm Motorenlärm.

»Und nun?«, fragte Peter.

»Den Mann verhaften«, rief Lisa Merryweather und hastete los. »Und dann das *Füllhorn der Moderne* sichern!«

»Genau das war auch mein Plan.« Justus folgte ihr.

»Nein, ihr Jungs fahrt nach Hause!«, befahl die Kommissarin. »Ab jetzt ist das ein Fall für die Profis.«

»Ist das der Dank für die Befreiung?«, stieß Justus hervor.
Mrs Merryweather lachte auf. »Das war ja wohl eher umgekehrt. Ohne mich wärt ihr da unten doch aufgeschmissen gewesen!« Die Polizistin hatte das Zufahrtstor erreicht. Es ließ sich einfach aufdrücken. Gut fünfzig Meter vor ihr rauschten die Autos auf dem Highway vorbei. Sie zückte ihr Handy. »Mist! Beim Sturz kaputtgegangen! Kann ich eures haben?«
Justus suchte das Detektivhandy und drückte auf eine Taste. »Akku leer über Nacht«, stellte er wenig überrascht fest.
»Bei mir auch«, sagten Peter und Bob gleichzeitig.
»So ein Ärger!« Die vier rannten weiter auf die Straße zu. Am Highway angekommen sahen sie sich um.
»Dahinten!« Aufgeregt deutete Justus in Richtung Norden. Dort sprang ein Mann mit schwarzen Locken in ein abseits der Straße geparktes Auto, ließ den Motor aufheulen und schoss kurz darauf mit dem Wagen direkt vor einem Auto auf den Highway. Der Fahrer gab sofort Vollgas.
»Das muss er sein«, rief Peter, »der, der uns eingesperrt hat!« Lisa Merryweather trat einen Schritt auf die Straße, fummelte ihre Dienstmarke hervor und brüllte mit wedelnden Armen: »Polizei! Halt! Polizei!«
Unbeeindruckt bretterte der Flüchtende an ihr vorbei, so knapp, dass die drei ??? für einen Moment dachten, er würde die Polizistin über den Haufen fahren.
Justus versuchte, sich das Gesicht des Fahrers einzuprägen, Peter und Bob merkten sich das Kennzeichen des davonrasenden gelben Toyotas.
Die Kommissarin hatte unterdessen das nun folgende Fahrzeug ins Visier genommen. »Polizei! Halten Sie an!«

Der blaue Chevrolet bremste und der Fahrer, ein jüngerer Mann im Karohemd, ließ das Fenster herunter. »Ja, bitte?«
»Polizei! Ich bin im Einsatz! Ihr Auto ist beschlagnahmt!«
»Ach, Sie sind doch bestimmt von so einer blöden versteckten Kamera!«, rief der Typ hinter dem Steuer und gab Gas.
Fassungslos blickte ihm die Kommissarin hinterher. »Du kannst was erleben, Junge, mach dich darauf gefasst!«
Peter streckte derweil den Anhalterdaumen raus. Ein paar Wagen fuhren vorbei, dann hielt ein Kleinbus mit der Werbeaufschrift einer Filmfirma aus Hollywood. Am Steuer saß eine gemütlich wirkende ältere Dame. Sie trug eine Fahreruniform. Kraftvolle Bluesmusik drang aus dem Inneren des Wagens.
»Können Sie uns ein Stück bis Rocky Beach mitnehmen?«, rief Justus, bevor die Kommissarin etwas sagen konnte.
Die Frau stellte die Musik leiser. »Gerne. Steigen Sie ein, die Herrschaften!«
Die drei ??? warfen der Polizistin einen auffordernden Blick zu und drückten sich auf die mittlere Bank.
»Ihre Jungs?«, fragte die Fahrerin Mrs Merryweather, als diese sich neben sie ins Auto setzte. »Oh, Verzeihung, Sie sind natürlich etwas zu jung für die drei Burschen.«
»Ich habe die Kerle im Lotto gewonnen«, gab die Kommissarin trocken zurück. »Aber leider müssen wir uns die Geschichte für später aufheben. Ich bin Polizistin. Bitte folgen Sie einem der Wagen!« Sie hielt ihre Dienstmarke hoch.
Die Frau brauchte einen Moment, bis sie begriff. »Oh. Ja. Welchem?«, fragte sie dann.
»Sechs Autos vor uns! Ein gelber Toyota. Ich erwarte, dass uns in Rocky Beach nur noch ein Wagen von ihm trennt.«

Die Frau fuhr auf die Straße. »Aber das Tempolimit …«

»Kümmern Sie sich nicht um das Tempolimit. Sie sind jetzt quasi im Polizeidienst. Geben Sie Gas! Überholen Sie! Tun Sie das, wovon Sie schon immer geträumt haben!«

»Ich träume in der Regel von sicherem, gelassenem Fahren«, murmelte die Frau. »Aber wie Sie wünschen. Ich kann auch anders!« Sie spannte die Muskeln an und drückte aufs Tempo. Fuhr auf den Vordermann auf, überholte ihn wie eine Rennfahrerin und zwang den Gegenverkehr zu gewagten Ausweichmanövern. Die drei ??? waren froh, dass sie fest angeschnallt waren. Lisa Merryweather hingegen applaudierte vor Begeisterung, wenn sie heil wieder in ihrer Spur fuhren.

»Ich war früher sehr gefragt bei Stuntszenen«, bemerkte die Fahrerin und warf wieder einmal das Steuerrad um. »Diana Hooker mein Name. Kennen Sie den Film *48 Stunden – Das Rennen des Todes*?«

»Bedaure. Vor meiner Zeit«, sagte die Kommissarin.

»Da steuerte ich ein Auto, das dreiundzwanzig Rennwagen hintereinander aufschlitzte. Wow, das waren Zeiten …« Sie scherte wieder aus und drückte nur Sekunden später mit quietschenden Reifen den Kleinbus zwischen zwei Limousinen. Sie musste scharf abbremsen, um nicht auf die vordere aufzufahren. Drei Autos hatte sie nun überholt. Und als kurze Zeit später die Stadtgrenze von Rocky Beach auftauchte, sahen sie den gelben Toyota tatsächlich als zweiten Wagen vor sich.

»Wie befohlen, Madam«, sagte Mrs Hooker zufrieden. »Darf ich jetzt zu etwas zivilisierterem Fahren übergehen?«

»Ich bitte darum. Sonst würden wir dem Mann auffallen.«

»Wenn wir das nicht sowieso schon getan haben.«

Urplötzlich bremste der gelbe Wagen ab und bog, ohne zu blinken, scharf in eine Seitenstraße ein.
Auch Diana Hooker verlangsamte das Tempo, doch in dem Moment entdeckte sie das Blaulicht einer Polizeistreife hinter sich, das sie zum Halten aufforderte.
»Ignorieren!«, befahl die Kommissarin. »Biegen Sie ab!«
»Aber ...«
Da setzte sich die Polizeistreife schon vor den Kleinbus und zwang die Fahrerin, auf den Seitenstreifen zu fahren.
Sehr zu Lisa Merryweathers Ärger. »Hab ich Ihnen nicht gesagt, Sie sollen ...«
»Ich möchte das hier gerne überleben, Madam«, unterbrach sie Mrs Hooker. Ein Polizist war ausgestiegen und kam ihnen entgegen. Diana Hooker ließ das Seitenfenster herunter.
»Papiere«, sagte der Cop.
»Warum?«, rief die Kommissarin dazwischen.
Der Polizist warf einen Blick in den Wagen. Die drei ??? schauten unschuldig vor sich hin. »Die Fragen stelle ich«, stellte der Officer klar. »Aber ich darf Ihnen eins verraten: Ihre Freundin fährt wie eine gesengte Sau! Und das auch noch mit Kindern im Auto!«
Nun beugte sich Lisa Merryweather zum Fahrerfenster hinüber. »Nein, nein, es ist alles ganz anders, Officer! Sie kommen nämlich wie gerufen!« Die Polizistin hielt ihm ihre Dienstmarke unter die Nase. »Wir sind Kollegen! Verfolgen Sie den gelben Toyota! Er darf uns nicht entkommen!«
Der Officer warf einen Blick auf ihre Marke, dann drehte er sich um und blickte in sämtliche Richtungen. Doch von einem gelben Toyota fehlte jede Spur.

Justus Superhirn

Nach ein paar Telefonaten war die Situation geklärt und die drei ???, Lisa Merryweather und Diana Hooker durften weiterfahren. Doch der vermeintliche Kunstdieb im gelben Toyota war über alle Berge. Entsprechend niedergedrückt war die Stimmung im Auto.

»Bringen Sie die drei Kinder nach Hause, Mrs Hooker«, sagte die Kommissarin.

»Bei allem Verständnis«, antwortete die Fahrerin, »aber ich bin nicht Ihr Taxi, und der Polizeieinsatz ist ja wohl vorbei.«

»Bitte«, drängte Mrs Merryweather. »Wir haben bereits einiges durchgemacht.«

»Also gut. Und wohin?«

Die Kommissarin sah Richtung Rückbank. »Wo wohnt ihr noch mal? Auf so einer Art Schrottplatz, oder?«

»Titus Jonas Wertstoffhandel«, sagte Justus. »Den Begriff Schrottplatz möchte ich in aller Form ...«

»Den kenne ich«, unterbrach Diana Hooker. »Und da kann ich Sie dann ebenfalls rauslassen, Frau Kommissarin?«

»Mitnichten! Ich muss zur Polizeistation Rocky Beach.«

»Also gut, dann Sie zuerst. Die Wache liegt auf dem Weg.« Sie gab Gas.

»Und wie gehen Sie nun weiter vor?«, fragte der Erste Detektiv die Polizistin.

Lisa Merryweather lächelte. »Na, das volle Programm! Fahndung ausschreiben und den Dieb erwischen, bevor er die Skulptur findet. Ich werde die Nachbarregionen bis Santa

Monica informieren und die Streifen dermaßen verstärken, dass er keine Chance hat.«

»Es ist Sonntag«, warf Bob ein.

»Die Polizei ist immer im Dienst.« Sie machte eine kurze Pause. »Und, nun ja, wenn euch etwas auffällt, bin ich für Hinweise natürlich dankbar.«

Justus sah sie von der Seite an. »Sie meinen …«

»Ich hoffe, ihr wisst, wo eure Grenzen sind! Denn wenn ich euch nicht gerettet hätte …«

»Die Idee mit dem Seil hatte Justus«, erinnerte Bob, »und ohne Ihren Auftrag wären wir gar nicht in den Bunker gegangen und gefangen genommen worden.«

»Auch den Mini-Sender sollten Sie bei Ihrer Bewertung nicht ganz außer Acht lassen«, ergänzte Justus.

»Ihr nehmt es aber sehr genau«, antwortete Mrs Merryweather grinsend und öffnete die Seitentür, denn sie waren vor der Polizeiwache angekommen. Die Polizistin nickte Diana Hooker zu. »Danke für den Service. Eintreffende Strafzettel wegen überhöhter Geschwindigkeit senden Sie mir einfach weiter.«

»Da machen Sie sich mal keine Sorgen.« Die Fahrerin hob kurz die Hand und fuhr wieder los. Nach ein paar Metern sagte sie: »Wenn ich euch schon durch die Gegend kutschiere, könnt ihr mich doch eigentlich ein wenig aufklären. Was ist hier eigentlich los?«

Bob erzählte das Nötigste.

Als er fertig war, sagte Mrs Hooker: »Ja, der Bunker … Ein seltsamer Ort. Vor Jahren sollte dort ein Hotel gebaut werden. Ich weiß das, weil ich damals für eine Werbeveranstaltung der Hotelkette einen Schauspieler hingefahren habe.«

»Das Gelände soll einer gewissen Mrs Fleckenstein gehören«, nahm Justus den Faden sofort auf. »Mrs Hooker, Sie sind schon lange in der Gegend und kommen viel herum. Ist Ihnen etwas über den Verbleib der Frau bekannt?«

»Tatsächlich ja.« Die Fahrerin überlegte. »Eine sehr eigenwillige Dame! Sie war Schauspielerin und ich habe sie hin und wieder zu Dreharbeiten gefahren. Ich habe gehört, dass sie nun in einer Altenwohnanlage bei Malibu lebt.« Mrs Hooker drosselte das Tempo, denn sie waren in der Sunrise Road angekommen. »So. Da wären wir.«

»Vielen Dank fürs Mitnehmen«, sagte Justus.

Bob fiel noch etwas ein. »Kennen Sie zufällig einen Kollegen namens Morton? Er ist auch Chauffeur.«

»Aber natürlich«, sagte Mrs Hooker und ein Strahlen lief über ihr Gesicht, »ein netter Kerl! Er arbeitet für den Autoverleih Gelbert.«

»Falls Sie ihn gelegentlich treffen, fragen Sie ihn nach den drei ???. Er kann ihnen viel über uns erzählen.«

»Werde ich machen.« Diana Hooker lächelte herzlich und drehte die Musik wieder hoch. »Dann viel Glück noch!«

Die drei ??? stiegen aus und der Kleinbus fuhr davon.

Dann waren sie allein. Staubige Straße in praller Sonne, leichter Pazifikwind auf der Haut, wochenendstill. Nur aus dem Inneren des Wertstoffhofs klang aus einem alten Lautsprecher leise Musik. Offenbar werkelte Mr Jonas gerade an etwas herum. Die drei ??? waren wieder zu Hause.

Weder Tante Mathilda noch Onkel Titus hatten sich Sorgen um die drei ??? gemacht, wollten aber wissen, warum die Jungen nicht zum Frühstück aufgetaucht waren. Justus gab einige vage Erklärungen über spätes Kommen und frühes Aufstehen und einen Ausflug in die Stadt ab, dann zogen sich die Detektive mit großen dampfenden Kakaobechern und einer Ladung vorzüglicher Sandwiches in ihre Zentrale zurück.

Nachdem der erste Hunger gestillt war, stellte sich Justus an das Flipchart. Er spannte neues Papier in das Gestell und nahm einen dicken grünen Stift zur Hand. »Zunächst lasst uns zusammenfassen, was wir wissen«, begann er.

»Gerne«, übernahm Bob. »Was bisher geschah: Zwei Diebe klauen ein Kunstwerk. Ihr Zufluchtsort wird aufgespürt. Sie können fliehen, doch einer der Täter wird später verhaftet – Brad Cole. Zuvor kann er aber auf seiner Flucht noch die Beute verstecken. Nun versucht er aus dem Gefängnis heraus, seinem Kollegen den Ort des Verstecks mitzuteilen. Verschlüsselt über einen Buchcode. Die notwendigen Ziffern für die Seiten und Wörter übermittelt dem freien Täter ein noch unbekannter Bote, offenbar telefonisch.«

Justus malte ein Strichmännchen mit Fragezeichen auf das Papier und schrieb *Mister X* und *Code* daneben.

»Den Titel des Buches ›schmuggelt‹ der Häftling ausgerechnet mithilfe der Kommissarin, die ihn verhört, aus dem Gefängnis. Natürlich ohne dass ihr bewusst ist, dass sie eine wichtige Information überbringen soll.«

Justus malte ein Buch und schrieb *Merryweather* dazu.

»Aber woher wusste der Täter draußen, dass Brad diese Art von Verschlüsselung gewählt hat?«, fragte Peter.

»Wahrscheinlich ein lange eingespieltes Verfahren zwischen den beiden«, antwortete Justus.

Bob fuhr fort. »Unser Gefängniswärter lockt also die Kommissarin in den Bunker, um von ihr den Titel des Buches zu erfahren. Er hofft, dass sie ihm den verraten wird, wenn er sie nur lange genug über Brad Coles Verhör ausquetscht. Und so ist es ja auch gekommen.«

»Wahrscheinlich hätte der Täter sonst Gewalt angewendet«, sagte Peter. »In dem Bunker gibt es eigentlich keine Zeugen.«

»Wartet mal«, rief Justus. »Um diesen Plan auszuführen, musste der Täter über mehrere Sachverhalte unterrichtet sein. Vor allem den Bunker betreffend: zunächst mal über dessen Existenz, aber auch über Details seiner geheimen inneren Anlage. Außerdem musste er Kenntnis darüber haben, dass der Bunker Mrs Fleckenstein gehört. Woher wusste er das alles? Kollegen: Wir sollten die Dame ausfindig machen und sie nach alten Bekannten fragen.«

»Und dann? Ich sehe doch, dass du schon an einem noch größeren Plan arbeitest, Just«, sagte Peter.

Der Erste Detektiv nickte. »Selbstverständlich habe ich bereits eine Strategie im Kopf. Während Kommissarin Merryweather die große Kavallerie zusammentrommelt, um den Dieb zu fassen und die Skulptur zu finden, werden wir durch kühle Intelligenz, klare Logik und sauberes Ermitteln dem Täter sowie der versteckten Beute auf die Spur kommen.«

»Etwas anders bleibt uns ja auch gar nicht übrig«, murmelte Bob.

»Leider drängt die Zeit«, sagte Justus. »Wenn wir Pech haben, ist der Täter bereits samt Skulptur über alle Berge! Doch ein Punkt lässt hoffen: Er konnte mit dem entschlüsselten Text zunächst nichts anfangen.«

»Ja. Das war nicht schwer herauszuhören«, bestätigte Bob. »Doch dann kam ihm offenbar ein rettender Gedanke.«

Justus nickte. »Das beschäftigt mich die ganze Zeit. Was könnte das bloß gewesen sein?«

»Wo ist der Code überhaupt?«, fragte der dritte Detektiv.

»Hast *du* ihn nicht eingesteckt?«, fragte Justus.

Bob schüttelte den Kopf.

Peter schlug sich mit der Hand auf die Stirn. »Die Merryweather hat sich das Ding geschnappt! Und zwar, als der Kerl hinter dem Spiegel damit anfing, die Wörter zu entschlüsseln. Da haben wir nicht mehr auf den Zettel geachtet.«

Bob stöhnte auf. »So konfus, wie sie wirkt: Irgendwie ist die auch ein Schlitzohr!«

»Kein Problem«, sagte Justus und lächelte. Dann schrieb er eine lange Zahlenkolonne auf das Flipchart. »Bitte sehr!«

»Justus, du bist einfach ein Genie! Das sind ... warte ... 37 Ziffern. Wenn die richtig sind, dann gebe ich dir glatt ein Zitroneneis aus.«

»Das Eis ist mir so gut wie sicher, Peter!«, freute sich der Erste Detektiv. Er zog einen dicken Strich unter seine Notizen und malte darunter einen Pfeil. »Also, Kollegen. Plan, Teil eins: Mrs Fleckenstein befragen, um den Täter zu ermitteln. Plan, Teil zwei: den Code entschlüsseln, um das Versteck der Beute zu finden.«

»Dazu müssen wir selber an das Buch kommen«, sagte Bob.

»Aber wie?«, fragte Peter. »Sonntags hat der Buchladen in Rocky Beach zu, und wenn wir es bestellen, kommt es frühestens morgen. Das ist zu spät. Oder wir fahren nach Los Angeles. Da haben die Läden offen.«

»Und dann von einem Shop zum nächsten? Unpraktisch. E-Book vielleicht?«, schlug Justus vor, verwarf es aber im selben Augenblick. »Nein, die haben anpassbare Schriftbilder und damit andere Seitenfolgen, damit kommen wir nicht weiter.«

»Brauchen wir das Buch überhaupt?«, wandte Peter ein. »Ganz offensichtlich hat es doch nicht zum Ziel geführt.«

»Der Täter muss beim Entschlüsseln einen Fehler gemacht haben«, sagte Bob. »Vielleicht hat er auf die Schnelle ein paar Ziffern vertauscht.«

»Oder man arbeitet sich rückwärts vor«, sagte Justus. »Oder in einer komplett anderen Reihenfolge.«

»Vielleicht hat ihm der Informant auch einen falschen Code genannt. Und nun macht er sich selber auf die Suche nach dem *Füllhorn der Moderne.*«

»Kein schlechter Gedanke, Peter«, lobte Justus. »Aber wie soll der Bote an den Buchtitel gelangt sein? Wie man es dreht und wendet, wir brauchen ein Exemplar der *Insel des Todes*. Und das möglichst sofort.« Er nickte dem dritten Detektiv zu. »Bob! Du bist für Bücher zuständig.«

»Aber zaubern kann ich nicht!«

»Das verlangt auch keiner«, sagte Justus. »Ich dachte an Lesley. Die Buchhändlerin von Booksmith. Du kennst sie doch näher. Sie kann kurz den Laden für dich öffnen.«

»Wer weiß, ob sie überhaupt in Rocky Beach ist? Schließlich hat sie frei.«

»Oder melde dich bei Miss Bennett aus der Leihbücherei«, fiel Peter ein. »Eins von beidem wird schon klappen.«

»Perfekt!« Justus schrieb *Lesley* und *Bennett* auf den Papierbogen und setzte ein *Bob* dahinter. »Peter, du kümmerst dich um die Altenheime in und um Malibu. Lass dir was einfallen, spiele einen Neffen, der seine Tante Elena mit einem Geschenk überraschen will. Oder erzähle etwas von einer Recherche über den Bunker für unsere Schülerzeitung.«

»Mach ich. Und was soll ich Mrs Fleckenstein fragen?«

»Ich begleite dich zu ihr, wenn du ihre Adresse herausgefunden hast. Weil ich den Mann beschreiben kann, der mit dem Auto geflohen ist. Es sei denn, Bob ist schneller. Dann fange ich mit dem Buch an.«

»Ah, verstehe. So eine Art Wettbewerb? Wer gewinnt den Super-Justus?«

»Peter, wir haben keine Zeit! Das ist unser Problem.«

»Und was machst du, bis wir so weit sind?«

»Mittagessen«, sagte Justus grinsend. »Nein«, fuhr er fort, als er in die entrüsteten Gesichter seiner Freunde blickte, »ich kümmere mich ein wenig um Busfahrpläne und Landkarten. In erster Linie. In zweiter dann um Tante Mathildas vorzügliche Spaghetti. Und keine Sorge, ich lass euch welche übrig!«

Die Insel des Todes

In Ermangelung ihrer Fahrräder, die noch auf dem Weg zum Bunker an der Küste standen, ging Bob zu Fuß in die Stadt. Die letzten Meter zur Buchhandlung Booksmith nahm er im Laufschritt. Er wollte Lesley ungern warten lassen, wo sie schon so freundlich gewesen war, ihren Strandbesuch zu unterbrechen, um ihm den Laden aufzuschließen.

Doch als Bob um eine Ecke bog und den Eingang der Buchhandlung vor sich liegen sah, stellte er fest, dass Lesley noch gar nicht vor Ort war. Der dritte Detektiv verlangsamte seinen Schritt. Hoffentlich hatte der Laden *Die Insel des Todes* vorrätig.

Ohne jede Vorwarnung griff plötzlich von hinten jemand um Bobs Kopf herum und hielt ihm die Augen zu.

»Rate mal, wer ich bin?«

»Lesley«, sagte Bob erleichtert.

»Stimmt! Woher weißt du das bloß?« Sie lachte. »Schön, dass du mal wieder Zeit für mich hast!«

»So viel ist es ehrlich gesagt nicht«, gestand Bob und drehte sich um. Lesley trug ein schlichtes Sweatshirt und hatte ein Tuch um die Hüfte gebunden. Sie roch nach Sand und Meer.

»Ich brauche dringend ein Buch«, sagte Bob, »und muss dann leider sofort ...«

»... zu deinem Justus, ist mir klar. Ihr und eure Geheimnisse. Und du bist der Geheimnisvollste von allen ...« Sie warf einen Blick auf Bobs Freundschaftsband, das sie ihm einmal geschenkt hatte, schritt los und suchte in ihrer Schwimmtasche nach ihrem Schlüsselbund.

»Mit wem warst du eigentlich am Strand?«, wollte der dritte Detektiv wissen.
»Mit halb Rocky Beach.« Sie lachte. »Hättest du nicht gedacht, oder? So, da ist der Schlüssel. Aber ich sage dir eins: Mein Chef, Mister Smith, darf nichts davon wissen! Ich mache das nur, weil du es bist.«
Inzwischen waren sie vor dem Eingang angekommen und Lesley öffnete die Tür. Bob schlüpfte in den Laden, Lesley folgte und schloss wieder ab. »Damit uns niemand hier überrascht«, sagte sie und deutete auf die kleine Küche im hinteren Bereich. »Hast du Lust auf einen Tee?«
»An sich gerne, aber ich habe es wirklich eilig!«
»Na, dann ein andermal. Also, worum geht es?«
»Benjamin More. *Die Insel des Todes*«, sagte Bob. »Hast du ein Exemplar?«
Lesleys Augen blinzelten. »Ach, du auch? Das wollen echt viele. Als Letzte war gestern, nein, vorgestern so eine verschrobene Frau bei mir und hat danach gefragt.«
»Kommissarin Merryweather«, sagte Bob.
»Kommissarin? Polizei? Ich habe sie vorher noch nie gesehen. Sie hat mir nur gesagt, dass sie ein spannendes Buch braucht, weil sie sich hier so sehr langweilt.«
»Ja, das muss sie sein. Inzwischen ist es mit ihrer Langeweile allerdings vorbei«, sagte Bob und grinste. »Und? Hast du das Buch dagehabt?«
»Natürlich …« Lesley lächelte. »Wir sind eine top sortierte Buchhandlung! In der Abteilung für antiquarische Bücher hatte ich sogar noch eins zum Sonderpreis, sie wollte es nämlich gern billig.«

»Eins?« Bob sah alle Hoffnung schwinden. »Du meinst … es war das letzte Exemplar?«

»Von dieser Ausgabe ja. Es war die Originalausgabe. Inzwischen gibt es den Krimi nur noch als Taschenbuch.«

Plötzlich war Bob wie elektrisiert. »Taschenbuch«, stieß er hervor, »du meinst, anders gedruckt? Andere Seitenzahlen und vor allem ein anderes …«

»Schriftbild?«, ergänzte Lesley.

»Ja, das meine ich. Hast du davon noch eins?«

»Ich hoffe«, sagte Lesley. »Wir hatten sogar zehn Stück, aber es verkauft sich wie gesagt sehr gut. Genau die richtige Strandlektüre!« Sie ging ein paar Meter weiter, wo sie die Bestseller gestapelt hatte, und suchte in den Büchern herum. »Du hast Glück! Hier hat sich tatsächlich noch ein letztes versteckt! *Die Insel des Todes*. Du wirst es kaum irgendwo finden derzeit. Tja, wir sind eben Booksmith!« Sie nahm das Buch in die Hand und blätterte darin. »Aber ob es ein anderes Schriftbild hat? Ja, könnte schon sein, das sieht sehr modern aus. Es kommt mir auch schmaler vor und es ist von einem anderen Verlag …«

Bob riss ihr den Roman fast aus den Händen. Sein Herz hüpfte. Das war eine Nachricht, die Justus umhauen würde. Ein anderes Schriftbild, verschobene Seitenzahlen. Das erklärte, warum der Code mit Merryweathers Ausgabe nicht funktioniert hatte. Der Täter im Gefängnis hatte das *Taschenbuch* als Vorlage genutzt! »Ich kaufe es!«

»So wünscht man sich seine Kunden«, sagte Lesley. »Ahnung von Büchern und schnell entschlossen! Hast du überhaupt genug Geld …« Doch sie brach mitten im Satz ab. Sie hatte ein

Geräusch gehört, und Bob ebenfalls. In der kleinen Küche. Glas, das zersplittert war.
»Psst«, machte Bob.
»Was ist das?«
Sie hörten leise, tapsende Schritte.
»Ein ... Einbrecher«, flüsterte Bob.
»In einer Buchhandlung?«, fragte Lesley ungläubig. »Was will der hier?«
»Ich habe so eine Ahnung, wer das ist«, wisperte Bob. »Der Mann glaubt, dass ich in einem Bunker eingesperrt bin, und er will unbedingt das Buch. Das darf er nicht kriegen! Wir sollten ihm besser nicht in die Arme laufen!« Bob sah sich eilig um. Die Eingangstür war keine Option. Dazu mussten sie an der offenen Küche vorbei. »Können wir uns hier irgendwo verstecken? Bitte, Lesley, schnell!«

»Ich hab's!«, rief Peter. »Justus?« Er drehte sich um, doch die Zentrale war leer. »Justus! Wo steckst du denn?« Peter wunderte sich, dass er den Ersten Detektiv nicht hatte gehen hören. Offenbar war er so konzentriert auf seine Recherche gewesen, dass er sein Umfeld vollständig ausgeblendet hatte. Er hatte einige Telefonate geführt und im Internet gesucht. Bob, der in ihrem Team normalerweise für diese Dinge zuständig war, hätte es nicht besser machen können. Und schnell war Peter auch gewesen. Er stand auf. Er hatte so eine Ahnung, wo Justus steckte. Inzwischen ging es auf zwei Uhr zu, da konnten ein paar Spaghetti nicht schaden.
Tatsächlich saß Justus am Küchentisch der Familie Jonas und schaufelte sich die Nudeln rein.

»Peter!«, rief Justus überrascht.
Der Zweite Detektiv warf einen Blick auf die überschaubaren Reste in der Schüssel. »Da scheine ich ja gerade noch rechtzeitig gekommen zu sein«, sagte er und schnappte sich eine Gabel.
Tante Mathilda, die die Geschirrspülmaschine einräumte, wandte sich lachend um. »Ich habe noch was im Topf, Peter, aber nur, wenn ihr mir nachher bei der Küchenarbeit helft.«
»Geht klar«, sagte Peter. »Aber vorher unternehmen wir einen kleinen Ausflug Richtung Malibu, Just!«
»Hast du Mrs Fleckenstein tatsächlich ausfindig gemacht?«
»Ich habe sogar mit ihr telefoniert!«, triumphierte Peter. »Eine nette alte Dame. Erzählt etwas viel, aber noch superfit da oben im Kopf. Der Name Merryweather sagt ihr übrigens nichts.«
Justus stand auf. »Na, dann los, Peter, für deine Spaghetti haben wir leider keine Zeit!«
»Und das Salatputzen für heute Abend?«
»Ist nicht vergessen, Tante Mathilda, ehrlich.«

Keine halbe Stunde später parkte Peter seinen MG vor einer zwar etwas in die Jahre gekommenen, aber immer noch eleganten Wohnanlage. Sie durchquerten einen gepflegten Garten und erreichten den Empfang.
»Wir möchten zu Mrs Fleckenstein«, sagte Peter zu der Dame hinter dem Tresen. »Peter Shaw. Schülerzeitung Rocky Beach.«
»Ah.« Die Frau starrte die beiden an, als seien sie seltene Fische. »Sie erwartet ... euch bereits«, sagte sie gedehnt, »da vorne in der Cafeteria ... draußen.«

Mrs Fleckenstein saß unter einem grünen Sonnenschirm an einem kleinen Tisch und winkte den beiden Jungen zu. Auf den ersten Blick wirkte sie wie eine zierliche, freundliche, harmlose alte Dame. Doch Justus wusste, dass Charme oft mit einem gehörigen Schuss Resolutheit durchmischt sein konnte. Sie setzten sich und bestellten eine Limo. Mrs Fleckenstein nippte an einem Glas Wasser.

»So, ihr schreibt also an einem Artikel über meinen seltsamen Bunker«, eröffnete sie das Gespräch, nachdem sich alle vorgestellt hatten. »Das ist ganz wunderbar! Ein wenig Unterhaltung in meinem langweiligen Dasein hier.«

Justus entschied, gleich mit der Wahrheit ins Haus zu fallen. Zumindest mit einem Teil davon. »Die Geschichte mit der Schülerzeitung war nur ein Vorwand, Mrs Fleckenstein. Dafür bitten wir um Entschuldigung. Sonst wären wir nie zu Ihnen durchgelassen worden. In Wahrheit sind wir nämlich Detektive.«

»Detektive?« Mrs Fleckenstein klatschte vor Freude in die Hände. »Das ist ja mein Glückstag heute, wo ich doch so gerne Krimis schaue!«

Justus lächelte und erklärte kurz, warum sie gekommen waren. Gebannt hörte Mrs Fleckenstein zu. »Ein Kunstdieb hat die Anlage als Versteck genutzt und euch dort gefangen genommen?«, wiederholte sie. »Das ist ja unglaublich! Aber natürlich – mein kleiner Bunker lädt zu kriminellen Handlungen geradezu ein!« Es klang fast, als sei sie stolz darauf.

»Um entsprechend vorzugehen, muss der Täter Kenntnis von der Anlage gehabt haben«, erläuterte Justus. »Vermutlich kannte er auch Pläne, jedenfalls wusste er von dem speziellen

Verhörraum und wie man dessen Technik bedient. Vielleicht besaß er sogar einen Schlüssel für das Eingangstor zur Straße.«

»Aber wer sollte das sein?«

»Das frage ich Sie«, sagte Justus und rief sich das Bild des Toyotafahrers vor Augen. »Wir suchen einen Mann, der jetzt um die vierzig Jahre alt ist.«

»Da fallen mir nicht so viele ein«, überlegte Mrs Fleckenstein. »Ich habe das Grundstück geerbt, und da ich genug eigenes Geld hatte, habe ich es jahrelang einfach brachliegen lassen. Ich war fast nie da, auch sonst kein Mensch. Wisst ihr, ich bin früher in Hollywoodfilmen aufgetreten«, sie machte eine lässige Handbewegung, »nur kleine Rollen, nicht so weltbewegend. Zum Beispiel in *Das Fenster zum Berg,* da habe ich neben dem großen –«

»Wir besuchen Sie gerne noch einmal und dann können Sie uns das alles erzählen«, unterbrach Justus. »Versprochen! Aber heute …«

»Ja, ja, ich weiß, der Bunker ist euch wichtiger«, lenkte sie ein. »Einmal hat sich eine Hotelgesellschaft dafür interessiert, doch deren Boss war so ein arroganter Kerl, da habe ich das Geschäft kurzerhand platzen lassen!« Sie gluckste in sich hinein. »Ich freue mich heute noch über sein Gesicht, als ich zur Unterschrift angesetzt und dann verkündet habe, dass ich es mir doch anders überlegt hätte.«

Justus traute der Dame so eine launische Aktion ohne jeden Zweifel zu.

»In dem Zusammenhang haben sich doch bestimmt eine ganze Menge Leute die Anlage angeschaut?«, fragte Peter.

»Vielleicht hilft Ihnen das bei der Erinnerung.« Justus zog

einen Ausdruck des Zeitungsartikels, den er bei seiner Recherche gefunden hatte, aus seiner Jackentasche hervor, auch wenn er vorher vergeblich nach einer Ähnlichkeit einer der abgebildeten Personen mit dem Fahrer des gelben Toyotas gesucht hatte. »Das ist aus der Zeit des geplanten Verkaufs. Ein Foto mit mehreren Menschen drauf. Auch Sie sind zu erkennen. Können Sie uns etwas zu den anderen Anwesenden sagen?«

Mrs Fleckenstein beugte sich über das Bild und ein Lächeln lief durch ihr Gesicht. »Ja, das ist Sarah«, sagte sie und deutete auf eine Frau. »Umweltaktivistin, sie war gegen den Verkauf. Durch diese Sache wurden wir Freundinnen. Ich war im Nachhinein so froh, dass ich nicht verkauft hatte! Sie betreibt heute einen kleinen Laden oben im Canyon. Zusammen haben wir …«

»Wir suchen einen Mann«, half Justus ihr sanft zurück auf die Spur.

Nur widerwillig ließ Mrs Fleckenstein von ihrer schönen Erinnerung ab. »Ach ja. Also, im Bunker waren damals nur ganz wenige Personen. Der Architekt natürlich, der extra aus Miami eingeflogen kam. Der wollte das alles zu einer Erlebniswelt ausbauen. An der Küste eine Badestelle freisprengen! Dann dieser arrogante Mr Fletcher, der Chef der Hotelgesellschaft. Und hier der Makler, der den Verkauf arrangieren sollte, wie hieß er noch? Sanders, ja, Roderick Sanders. Von *HomePacific*. Der hat den Bunker von allen Leuten am besten kennengelernt, weil wir im Vorfeld des geplanten Verkaufs gemeinsam alle Unterlagen zusammengesucht und erstellt haben.«

Justus fixierte das Gesicht des Mannes. Schwarzes langes Haar, geschäftlich gekleidet. Vom Alter her konnte es passen, auch wenn er einen jüngeren Mann erwartet hätte. Aber er bekam einfach das Gesicht nicht mit dem zusammen, das er vorhin hinter dem Steuer des Autos gesehen hatte. »Haben Sie noch Verbindung zu dem Makler?«, fragte er nach.

Mrs Fleckenstein schüttelte den Kopf. »Ich glaube, er hat die Immobilienfirma mittlerweile verlassen. Es schien irgendwelche Unregelmäßigkeiten gegeben zu haben, hat mir eine gute Freundin erzählt.«

Justus horchte auf. Vielleicht war die Spur doch nicht so schlecht. Und der Erste Detektiv hatte auch bereits eine Idee, wer ihm bei dieser Frage weiterhelfen konnte.

Die Dame von der Rezeption trat wie in Zeitlupe in die Cafeteria und bewegte sich auf ihren Tisch zu. »Ein Anruf von der Polizei«, sagte sie gedehnt. »Für Sie, Mrs Fleckenstein. Eine gewisse … Mary Weather. Genau habe ich den Namen … nicht verstanden.«

Justus und Peter warfen sich einen vielsagenden Blick zu. Die Kommissarin setzte also nicht nur auf volle Polizeipräsenz, sondern sie recherchierte ebenfalls.

»Ich bin ja ein sehr gefragter Typ heute«, freute sich Mrs Fleckenstein. »Sie soll bitte noch einen Moment warten.«

Rette sich, wer kann

Mit Dank für die Informationen und dem festen Versprechen, sie über den Ausgang der Geschichte zu informieren, verabschiedeten sich Justus und Peter freundlich von der alten Dame. Kaum saßen sie im Auto, nahm der Erste Detektiv sein Handy und wählte die Nummer von Bobs Mutter.

»Warum rufst du sie an?«, fragte Peter und steuerte auf die Ausfahrt des Seniorenheims zu.

»Weil sie im Immobiliengeschäft tätig ist.«

Es klingelte ein paarmal, bevor sich jemand meldete.

»Hallo, Mrs Andrews, hier spricht Justus. Ich habe eine kurze Frage. Es geht um Roderick Sanders von *HomePacific* ... Nein, Bob ist gerade woanders unterwegs ... Ja, deshalb rufe ich ... Nein, machen Sie sich keine Sorgen, wir treffen uns gleich alle ... Ja, genau: Sanders, Roderick. Kennen Sie ihn?« Eine ganze Weile sagte Justus dann gar nichts mehr. »Wie bitte?«, fragte er dann. »Was für ein Verrückter.« Justus warf einen Seitenblick auf Peter. »Hat sich auf Betriebsfeiern als Polizist verkleidet und am Eingang die Gäste verhaftet!«, wiederholte er für seinen Freund. »Bizarr. Ach, eins noch, Mrs Andrews, gibt es irgendwelche besonderen äußeren Merkmale oder Eigenschaften? Sprachfehler, Hinken oder ... Keine, schade ... Nun ja, ich bin Ihnen zu tiefstem Dank verpflichtet, Mrs Andrews. Bis bald mal!« Justus legte auf.

»Los, erzähl schon«, drängelte Peter, als er auf die Straße Richtung Rocky Beach einbog.

»Roderick Sanders war bei *HomePacific* beschäftigt. Er war

sehr erfolgreich, hatte ein gewinnendes Wesen, die Kunden glaubten ihm einfach alles. Irgendwann wurde er dann aber entlassen, weil er im Verdacht stand, Informationen aus seiner Tätigkeit an Dritte weiterzugeben. Offenbar sehr seltsame Dritte. So wurde in Wohnungen eingebrochen, die er vorher in seiner Betreuung gehabt hatte. Unter anderem verschwanden … du wirst es nicht glauben … Kunstwerke.«

»Wow!«, sagte Peter.

»Nachweisen konnte man es ihm nicht. Nach dem Rauswurf scheint er von der Bildfläche verschwunden zu sein. Es könnte sich tatsächlich um unseren Mann handeln! Bis auf die Tatsache, dass ich ihn auf dem Foto nicht als den Fahrer des gelben Toyotas wiedererkannt habe.«

»Auch ein Justus ist nicht perfekt«, sagte Peter und musste scharf abbremsen, da er zu dicht auf den Vordermann aufgefahren war.

»Es spricht jedenfalls viel dafür, dass wir den Täter identifiziert haben. Er ist verdächtig und verfügt über alle nötigen Informationen.«

»Sollen wir die Kommissarin benachrichtigen?«

»Sie ist ihm doch selbst auf der Spur«, antwortete Justus. »Außerdem fehlt uns ein Beweis. Ich hoffe, Bob hat das Buch gefunden. Dann präsentieren wir der Polizei den Täter und die Beute in einem.« Justus rief Bob an, doch der nahm nicht ab.

»Merkwürdig«, murmelte der Erste Detektiv.

»Beschäftigt mit Lesley?«, fragte Peter grinsend.

»Hör auf! Ich habe kein gutes Gefühl, Peter. Lass uns einen Umweg über die Buchhandlung machen.«

Der Zweite Detektiv nickte, auch wenn er sich sicher war, dass es einen ganz harmlosen Grund dafür gab, warum Bob nicht ans Telefon ging.

Kurze Zeit später steuerte er seinen MG ins Stadtzentrum von Rocky Beach. Es war nicht viel los. Schließlich war Sonntag und die meisten Menschen waren bestimmt am Strand. Nur die stärkere Präsenz von Polizeiwagen fiel auf.

Peter bog in die Santa Monica Street ein, in der die Buchhandlung Booksmith lag. Er ließ eine alte Dame vorbei, die mit einem Rollator die Straße überquerte, und fand ein paar Meter weiter einen günstigen Parkplatz. Als sie auf den Laden zugingen, sagte er: »Wahrscheinlich ist Bob längst auf dem Weg in die Zentrale.« Er fuhr sich mit der Hand durch die Haare. Es war heiß. Zum Glück wehte ein leichter Wind.

»Und warum geht er dann nicht ans Handy?«

Sie erreichten das Schaufenster und spähten hindurch. Doch eine Dekorationswand versperrte ihnen den Blick ins Innere.

Justus trat an die Tür.

Verschlossen.

Peter wollte klopfen, doch Justus hielt ihn zurück. »Da stimmt irgendwas nicht.«

»Wieso?«

»Im hinteren Teil des Ladens wurde ein Regal umgestoßen. Ich kann es durch die Tür gerade so erkennen.«

Wie die Detektive von einem früheren Fall her wussten, konnte man über eine Toreinfahrt in einen Innenhof gelangen. Dort gab es ein kleines Lagergebäude für Bücher und Werbematerialien, und auch das Fenster von der Küche des Buchladens ging zu diesem Hof hinaus.

»Versuchen wir es von hinten«, schlug Justus vor.

Vorsichtig durchquerten sie die Einfahrt und sahen sich um. Auf den ersten Blick hin war nichts verdächtig. Das Lagerhaus war verschlossen. Über dem dunklen Dach flirrte die Luft in der Sonne.

»Da«, sagte Peter plötzlich.

Justus hatte es auch gesehen. Die Fensterscheibe zur Küche war eingeschlagen und jemand hatte das Fenster hochgeschoben.

Lautlos schlichen sie näher. Als sie das Fenster erreicht hatten, nickte Justus Peter zu. Der setzte die Hände auf den Sims, zog sich nach oben und stieg vorsichtig in das Gebäude.

Auf einen Wink hin folgte Justus. In der Küche verharrten beide neben dem Fenster.

Aus dem Inneren der Buchhandlung drangen kurze, schleifende Geräusche, gefolgt von leisem Stöhnen. Ab und zu tat es einen leichten Schlag, so als ob Bücher aufeinandergeworfen würden.

»Da sucht jemand was«, wisperte Peter.

Justus nickte und schlich vorsichtig auf den Durchgang zu, wo ein halb geöffneter Vorhang die Küche von den Verkaufsräumen trennte. Direkt dahinter blieb er stehen.

»Ihr habt doch eben ein Buch in der Hand gehabt!«, rief plötzlich eine männliche Stimme. »Wo ist das Ding? Sagt es mir oder ich lasse gleich mal meine Faust sprechen!«

Die drei ??? hörten einen unterdrückten Laut.

»Knebel«, flüsterte Justus.

Der Mann tat irgendetwas. »So, jetzt kannst du sprechen, Mädchen!«

»Wir hatten nur das hier«, rief eine zitternde Stimme. »Ehrlich.« Es war unzweifelhaft Lesley.

»Die verrät alles!«, zischte Justus Peter zu.

»Das ist ein Kochbuch!«, brüllte der Mann. Etwas schlug hart auf dem Boden auf und rutschte weiter, bis es beim Vorhang liegen blieb.

»Ich suche *Die Insel des Todes*. Habt ihr verstanden? *Die Insel des Todes!*«

Sachte schob Justus den Vorhang wenige Zentimeter zur Seite, bis er das Buch sehen konnte. Kuchenrezepte. Ein Stück weiter hinten bückte sich ein Mann mit Gesichtsmaske und leuchtete unter die Regale. Etwa zwei Meter neben ihm hockten Bob und Lesley. Rücken an Rücken, mit zusammengebundenen Händen.

»Jetzt«, flüsterte Justus, rannte los und stürzte sich auf den am Boden knienden Mann. Der warf sich überrascht zur Seite. Peter hatte das vorhergesehen und sprang direkt auf ihn.

Doch der Einbrecher war geschickt. Ein gezielter Tritt traf Peter am Solarplexus, sodass ihm kurz die Luft wegblieb.

Justus, der sein Ziel verfehlt hatte, wollte sich aufrappeln, doch da erwischte ihn ein Schlag mit der Taschenlampe. Stöhnend ging er wieder zu Boden.

Der Einbrecher kam auf die Füße und sah sich hektisch um.

Peter pumpte nach Luft. Mühsam gab er Justus zu verstehen, dass er nicht folgen konnte.

Der Erste Detektiv begriff, schüttelte sich einmal und rannte dem Einbrecher hinterher, der inzwischen die Flucht durchs Küchenfenster angetreten hatte.

Als sich Justus draußen vom Sims hinunterließ, hatte der Mann bereits so viel Vorsprung, dass er im Hof nicht mehr zu sehen war. Doch wenn es drauf ankam, konnte Justus recht schnell sein. Er jagte durch die Einfahrt und blickte sich um. Da war der Einbrecher, rechts die Santa Monica Street runter! Justus setzte hinterher. Er konnte den Abstand zumindest halten. Jetzt bog der Mann in eine Seitenstraße ab.

Kurz darauf war Justus an der Ecke. Fünfzig Meter die Straße rein sah er den gelben Toyota. Zwei Polizisten standen an dem verdächtigen Wagen und inspizierten das Innere.

Der Einbrecher hatte die Officer auch bemerkt und war abrupt stehen geblieben. Jetzt drehte er sich um – und sah Justus direkt in die Augen.

»Haltet den Dieb!«, brüllte der Erste Detektiv.

Die Officer merkten auf, begriffen und setzten sich in Bewegung. Der Einbrecher entschied sich für Justus' Richtung. Den Polizisten wollte er nicht in die Arme laufen. Bei Justus rechnete er sich offenbar bessere Chancen aus.

Hinter dem Ersten Detektiv bog in dem Moment ein Auto in die Straße ein. Die war also versperrt. Justus begab sich in eine Art Torwartposition und versuchte, sich auf dem Gehweg so breit zu machen, wie es irgend ging. Da kam der Mann schon angerannt, täuschte rechts an, um dann links an dem Detektiv vorbeizuziehen. Doch Justus streckte seinen Hintern aus und erwischte ihn gerade eben so. Der Mann kam ins Straucheln, stolperte auf die Straße, stieß gegen das vorbeifahrende Auto, stürzte und blieb liegen. Wenige Sekunden später waren die Polizisten da. Mit geübten Griffen fixierten sie den Mann. Dann stellten sie ihn wieder auf die Beine.

Einer der Officer riss dem Einbrecher die Maske vom Gesicht.

»Wer sind Sie?«

Der Mann schwieg.

»Es ist der Fahrer des gelben Toyotas – der, den Sie suchen«, sagte Justus. Er hatte den Mann wiedererkannt, der auf dem Highway an ihnen vorbeigefahren war.

»Und wer bist du?«

»Gewissermaßen ein Mitarbeiter von Kommissarin Merryweather«, sagte Justus.

»Hat der Junge recht?«, wollte der Officer von dem Einbrecher wissen. »Sind Sie der Kunsträuber?«

»Ich sage gar nichts«, erklärte der Mann.

Justus sah ihm in die Augen. Dann sagte er leise: »Vielleicht sind Sie ein Dieb, aber wohl doch nicht so, wie die Polizei vermutet. Ich ahne, dass wir beide auf gewisse Weise seelenverwandt sind, Sir. Ich sage nur: eins – null – zwei – zwei – vier – null – neun ...«

»... null – drei – sieben – eins – drei – null – fünf«, übernahm der Mann und lächelte bitter.

Hochbegabte

»Was bedeuten diese Zahlen?«, fragte einer der Polizisten und sah Justus scharf an.

Der setzte ein breites Lächeln auf. »Tut nichts zur Sache, nur eine kleine Verständigung zwischen Hochbegabten. Ich schlage vor, dass Sie nun Kommissarin Merryweather informieren. Außerdem möchte ich Sie in die Buchhandlung Booksmith führen. Dort ist dieser Mann zuvor eingebrochen. Sie werden bestimmt noch die Zeugenaussagen von Bob Andrews, Peter Shaw und Lesley Dimple aufnehmen wollen.«

Der eine Officer wollte etwas entgegnen, doch der andere hielt ihn zurück. »Die Kommissarin hat uns doch vor drei Juniordetektiven gewarnt. Ich glaube, das ist einer davon. Sie hat gesagt, sie nerven, aber im Zweifel sollen wir sie gewähren lassen.«

Der andere Officer nickte widerwillig. Dann taten sie alles, was Justus ihnen vorgeschlagen hatte.

Eine halbe Stunde später waren die Zeugenaussagen gemacht und alle Adressen bei der Polizei hinterlegt. Lesley war auf dem Weg zurück zum Strand – um eine Erfahrung mit den drei ??? reicher. Justus, Peter und Bob hingegen fuhren in Peters MG Richtung Schrottplatz.

Und sie hatten das Buch! Am liebsten hätte Justus schon während der Fahrt den Code gelöst. Doch im Auto wurde ihm beim Lesen schlecht und außerdem verrutschte er ständig bei der Zeilenzählung.

»Wie habt ihr *Die Insel des Todes* eigentlich vor dem Einbrecher verborgen?«, fragte er und klappte den Roman wieder zu.

»Der Dank geht an Lesley«, sagte Bob. »Bevor der Typ uns erwischt hat, hat sie den Umschlag eines anderen Buches drumgeklappt und es unter einen Stapel gemischt. Der Einbrecher hatte es sogar einmal in den Händen!«

»Die Idee hätte von mir sein können«, lobte Justus.

»Wir hatten uns hinter einem Werbeaufsteller versteckt«, fuhr Bob fort, »doch dann klingelte blöderweise mein Telefon. Der Einbrecher entdeckte uns, bedrohte uns mit einem Messer und fesselte uns. So zusammengebunden saßen wir dann, bis ihr auf der Bildfläche erschienen seid. Warum habt ihr mich eigentlich gesucht?«

»Weil du nicht drangegangen bist«, sagte der Erste Detektiv. »Ans Telefon.«

»Du warst das?«, fragte Bob. »Manchmal ist das Leben wirklich absurd.«

Sie erreichten den Schrottplatz und Peter fuhr auf den Hof. Sie stiegen aus, und noch bevor Tante Mathilda herauskommen konnte, um sie an die Küchenarbeit zu erinnern, waren sie schon in ihrer Zentrale verschwunden.

Dort schnappte sich Justus einen Stuhl und postierte sich vor dem Flipchart, auf dem er die Zahlenreihe notiert hatte. »Los, fangen wir an!«

Doch Peter verfolgte einen anderen Plan. »Ich weiß, wir müssen das *Füllhorn der Moderne* finden«, sagte er, »aber dazu haben wir jetzt alle Zeit der Welt. Der Dieb ist gefangen und die Merryweather ist erst mal mit ihm beschäftigt. Ich will Nudeln!«

»Und ich muss dich enttäuschen, Zweiter«, sagte Justus. »Der Kunstdieb ist nach wie vor auf freiem Fuß.«

»Ist der Einbrecher bei Booksmith etwa nicht Roderick Sanders? Nicht der Typ aus dem Bunker?«

»Nein.« Justus schüttelte den Kopf. »Er ist nur der Bote.«

»Der Bote?«, echoten Bob und Peter.

»Ja.« Der Erste Detektiv räusperte sich ein wenig gereizt, weil seine Freunde so begriffsstutzig waren. »Der Toyota-Mann hat Roderick Sanders die Zahlenkombination überbracht. Ich vermute, er saß kurz mit Brad Cole zusammen im Gefängnis, wurde aber bald darauf entlassen. Der Mann ist ähnlich begabt wie ich und kann sich lange Ziffernkolonnen merken. Den Beweis hat er vorhin erbracht. Er führte die Kombination, die ich begann, fehlerfrei weiter. Brad Cole brauchte ihm also keinen Zettel mitzugeben, den man eventuell finden und ihm abnehmen würde. Der perfekte Bote. Der Mann hat sich einfach alles gemerkt.«

»Und es dann später telefonisch an Coles Kollegen weitergegeben«, sagte Bob.

»Doch clever, wie er war, hat er versucht, hinter das Geheimnis der Zahlen zu kommen, und hat sich auf die Fährte von Roderick Sanders gesetzt.«

»Er wollte selbst an die Skulptur!«, verstand nun auch Peter.

»Und brauchte deshalb ebenfalls das Buch. Aber woher wusste er das alles?«

Justus nickte bedächtig. »Vermutlich war er vorhin im Bunker und hat einiges belauscht«, sagte er. »Habt ihr das Geräusch auf dem Gang gehört, als ich mich mit unserem Gefängniswärter über das Buch unterhalten habe, das die Kommissarin mitgebracht hat?«

»Nein«, sagte Bob.

Auch Peter schüttelte den Kopf.
»Egal. Mir war, als wäre noch jemand vor Ort. Ich habe es dann aber nicht weiter beachtet. Als wir uns befreit hatten, vermuteten wir, der Toyota-Fahrer sei der zweite Dieb. Dabei hat er sich nur selbst an dessen Fersen geheftet. Und ihn verfolgt!«
»Wir haben also den Verfolger des Verfolgten verfolgt«, fasste Peter zusammen.
Bob rollte mit den Augen. Dann fragte er seine Freunde: »Wer ist eigentlich dieser Roderick Sanders, von dem ihr vorhin gesprochen habt?«
»Das weißt du ja noch gar nicht«, sagte der Erste Detektiv. »Er ist vermutlich der zweite Kunsträuber und der Mann, der uns gefangen genommen hat. Denn er kennt sich nach den Angaben von Mrs Fleckenstein sehr gut aus in der Bunkeranlage und hat außerdem eventuell eine kriminelle Veranlagung. Ach, übrigens, ruf doch gelegentlich deine Mutter an, sie macht sich Sorgen.«
»Äh, hast du mit ihr gesprochen?«
»Erste Priorität hat nun das Versteck der Skulptur«, sagte Justus, statt eine Antwort zu geben. »Die Zeit drängt leider. Peter, lies du bitte die Ziffern vor und ich blättere in dem Buch.«
»Okay«, sagte Peter, »bist du bereit?«
»Klar.«
»Eins – null – zwei –«
»Stopp! Also Seite 102. Denn das Buch hat 366 Seiten, was darauf schließen lässt, dass die ersten drei Ziffern auf die Seite verweisen, auf der das gesuchte Wort steht.« Justus blätterte. »Okay, hab ich.«

»Zwei – vier –«
»Stopp, die Angabe der Zeile dürfte nur zweizeilig sein. Also Zeile 24.« Justus zählte.
»Null – neun –«
Justus zählte wieder. »Das neunte Wort in der Zeile lautet *Hafen*!« Triumphierend sah er auf. »Das Versteck ist also ganz in der Nähe. Und zwar am Hafen von Rocky Beach.«
»Wie kommst du darauf?«, fragte Peter. »Du hast doch erst ein einziges Wort entschlüsselt.«
»Aber ich habe vorhin die Busfahrpläne studiert. Wenn Cole für seine Flucht aus Santa Monica inklusive Busrückfahrt aus Richtung Oxnard lediglich eineinhalb Stunden Zeit zur Verfügung hatte, dann kann es sich nur um den Hafen von Rocky Beach handeln. Ein anderer Hafen lag nicht in seiner Reichweite.«
»Unser Erster!«, sagte Bob nicht ohne Stolz.
»Also weiter, suchen wir das nächste Wort«, drängte Justus.
»Null – drei – sieben – eins – drei – null – fünf.«
»Das ist die Seite 37, Zeile 13, das fünfte Wort ... *Fels*. Na also, dann ist das nächste Wort sicher *Strand*. Ergibt Rocky Beach! Ich sag es doch. Wir sind genau auf der richtigen Fährte!«
Justus sollte recht behalten. Nach *Fels* folgte *Strand* und dann das Wort *Kraftraum*. Irritiert zog Justus die Stirn kraus. Was sollte das bedeuten? Es folgte der Begriff *Platz*.
»Nun habe ich nur noch die zwei Ziffern vier und sieben«, verkündete Peter. »Platz 47. Die Angabe für irgendeinen Ort am Hafen?«
»Den Liegeplatz eines Boots?«, vermutete Bob.
»Vielleicht. Aber warum *Kraftraum*? Wir haben: *Hafen Rocky*

Beach Kraftraum Platz 47«, fasste Justus zusammen. »Ganz eindeutig ist es nicht. Möglicherweise handelt es sich auch um eine Spindnummer des Fitnesscenters in der Nähe des Hafens. Dafür spricht das Wort *Kraftraum*. Oder um einen Tisch im Hafencafé, wenn man essen als Kraftaufnahme gelten lassen will, oder einen Sitzplatz auf einem PS-starken Ausflugsboot. Wir müssen davon ausgehen, dass Cole in dem Roman nicht exakt die Worte finden konnte, die er für seine Botschaft brauchte. Bei der Entschlüsselung sollten wir also assoziativ denken.«

»Du meinst, Ideen und Gedanken, die uns bei den Wörtern kommen, verknüpfen ...«, sagte Bob. »Das tun wir doch am besten vor Ort!«

Knack den Code!

Als die drei ??? durch das Kalte Tor, den geheimen Zugang zu ihrer Zentrale, auf den Schrottplatz kletterten, staunten sie nicht schlecht. Mrs Merryweather war da. In ihrem rot-gelben Kleid, den grünen Blazer locker über die Schulter geschwungen, stand sie bei Titus Jonas und schien sich prächtig mit ihm zu unterhalten. »Und wie gefällt es Ihnen in Rocky Beach?«, fragte Onkel Titus gerade.

»Ausnehmend gut! Ihre Heimatstadt ist eine wahre Perle«, plauderte die Kommissarin.

»Nun, manche sagen, es sei ein wenig langweilig hier«, erwiderte Titus. »Aber wenn man so netten Besuch bekommt wie den Ihrigen …«

»Ach, danke, ich finde es hier übrigens sehr aufregend. Auch Ihren Schrottplatz mit den vielen tollen Sachen …«

»Wertstoffhof«, unterbrach Titus. »Dieses heutzutage ja sehr moderne und nachhaltige Konzept betreibe ich schon seit Jahrzehnten!«

Mrs Merryweather legte eine Hand auf seinen Arm. »Sie sind halt nicht nur ein gut aussehender, sondern auch ein kluger und vorausschauender Mann.« Die Polizistin entdeckte die drei ??? und winkte sie zu sich. »Wo kommt ihr denn so plötzlich her?«

»Das frage ich mich auch manchmal«, sagte Onkel Titus und blickte Justus an. »Wie ich gehört habe, kennt ihr die charmante Vertretung von Inspektor Cotta bereits.«

»Ja«, sagte Justus.

»Ich wusste gar nicht, dass du so einen attraktiven Onkel hast«, übernahm Mrs Merryweather. »Eigentlich wollte ich mir nur mal euren …«, sie warf einen verstohlenen Blick auf Justus' Onkel, »… aufregenden Wertstoffhof anschauen. Und mich bedanken für die Mitarbeit an der Verhaftung des Mannes im gelben Toyota!«

»Gern geschehen«, sagte Justus. »Hat er gestanden?«

»Die Sache mit dem Bunker?«, fragte die Kommissarin. »Nein. Er schweigt wie ein Grab. Außerdem … Der Officer hat erzählt, dass ihr euch Zahlenkolonnen um die Ohren geworfen habt!« Sie hob eine Augenbraue.

»Und Sie haben mit Mrs Fleckenstein gesprochen?«, hielt Justus dagegen.

Lisa Merryweather nickte. »Wie du auch. Mal sehen, wer von uns das Kunstwerk zuerst findet. Ich habe Officer Brown nach L.A. geschickt, damit er mir die Taschenbuchausgabe von *Die Insel des Todes* besorgt. Es ist derzeit wohl schwer erhältlich.«

»Damit machen Sie bestimmt nichts verkehrt«, sagte Justus mit einem Kribbeln auf dem Rücken. Ihm war klar: Zu unterschätzen war die Polizistin nicht. Trotzdem wollte er der Erste sein, der den Fall löste. Und ganz offenbar waren sie ihr einen Schritt voraus!

Titus Jonas hüstelte. »Vielleicht möchten Sie einen Kaffee, Mrs …? Oder Tee?«

»Wenn der Fall gelöst ist, komme ich gerne darauf zurück! Aber nun muss ich leider weiter.« Die Kommissarin wandte sich zum Gehen. »Und danke, dass Sie mir meine kleine Ungeschicktheit nicht übel nehmen, Mr Jonas! Ich werde es wiedergutmachen.« Sie winkte Titus zu und verließ den Hof.

»Was hat sie denn angestellt?«, fragte Justus.
»Eine alte Vase übersehen und zerdeppert«, sagte Onkel Titus, »aber die war nicht viel wert.« Er blickte der Polizistin hinterher. »Ich geh dann mal rein«, sagte er, »deine Tante macht sich bestimmt schon Gedanken. Und ihr?«
»Wir fahren mal eben zum Hafen«, sagte Justus.
Die drei ??? stiegen in Peters MG. Als sie auf die Straße bogen, fiel Justus ein Mann in einem weißen Hemd auf, der schnell den Blick abwandte, als sie an ihm vorbeifuhren. Wollte er nicht erkannt werden? Vielleicht blendete ihn auch nur die Sonne.

Wenige Minuten später parkte Peter den MG auf dem Parkplatz vor dem Fitnesscenter am Hafen. Der Zweite Detektiv ging dort häufig trainieren und erklärte sich bereit, in den Umkleiden nach einem Spind 47 zu suchen.
Schnell war er zurück. »Es gibt zwar einen Spind 47, aber der war offen und leer«, sagte Peter. »Entweder hat Sanders schon das, was er will, oder wir müssen woanders suchen.«
»Ersteres möchte ich mir gar nicht vorstellen.« Justus lief los. »Also ab ins Hafencafé!«
Bis dahin waren es nur wenige Meter. Abends bot man in dem Café auch leckere Meeresfrüchte an. Gelegentlich luden Mrs und Mr Jonas die drei ??? zum Essen ein, meist dann, wenn sie ein gutes Geschäft gemacht hatten. Von der Terrasse aus hatte man einen wunderbaren Blick auf die Schiffe.
Der Pächter des Betriebs gab den Jungen bereitwillig Auskunft. »Ja, wir haben unsere Tische durchnummeriert«, erklärte er, »aber nur von eins bis dreißig. Mehr Tische haben wir nicht.«

Die drei ??? bedankten sich und eilten weiter am Hafenbecken entlang, bis sie zu den Anlegestellen für die kleineren Jachten kamen. Die Nummern der Liegeplätze waren in Weiß auf die Stege gemalt, sodass sie keine Probleme hatten, sich zurechtzufinden. Auch hier waren sie schon oft gewesen, meistens um Rubbish George zu besuchen. Er war ein ehemaliger Stadtstreicher, der seine Vergangenheit nicht ganz losgelassen hatte. Inzwischen lebte er auf einem alten, heruntergekommenen Holzboot, für das er sein weniges Geld ausgab, das er sich durch gelegentliche Jobs am Hafen verdiente. Justus bezweifelte, dass das Schiff überhaupt noch seetüchtig war. Doch Rubbish Georges Boot lag viel weiter hinten.

Bob entdeckte den Anleger mit der Nummer 47. »Da drüben!«, rief er und joggte den Steg entlang. Sie erreichten ein weißes, modernes Motorboot. Schwer atmend blieben sie stehen. Ein Mann schrubbte gerade das Vorderdeck und schaute nun auf.

»Hallo? Irgendetwas nicht in Ordnung? Ganz schön was los, heute!«

»Inwiefern?«, fragte Justus zurück.

»Nun, da war schon so ein Mann da. Anlegeplatz 47. Scheint was an sich zu haben. Ist das ein Quiz?«

Entsetzt sahen sich die drei ??? an. Offenbar waren sie zu spät gekommen!

»Wie lange ist das her?«

»Na, vielleicht eine Stunde?«

»Und was wollte er?«

Der Schiffsbesitzer stand auf und legte den Putzlappen zur Seite. »Hört mal, ich bin nicht das Hafenauskunftsbüro. Ihr könnt gerne helfen, das Boot sauber zu machen. Aber haltet mich bitte nicht von der Arbeit ab!«

»Entschuldigen Sie«, sagte Justus. »Aber es ist leider von allerhöchster Wichtigkeit. Haben Sie den Mann auf Ihr Boot gelassen?«

»Ich?« Der Schiffsbesitzer lachte. »Den hätte ich ins Hafenbecken geworfen, wenn er es gewagt hätte, meine *Cathrin* zu betreten. Mit seinen klobigen Schuhen!«

»Jonathan, ist irgendwas?«, rief eine Frau aus dem Inneren des Schiffs.

»Schon wieder Besuch, aber die sind gleich wieder weg!«

»Auf Ihrem Schiff muss irgendetwas versteckt sein«, sagte Justus.

»Ach, darum geht es ... Wer findet den Piratenschatz oder so.« Er lachte. »Also doch eine Fernsehshow? Aber ich kann euch beruhigen, der Kerl war plötzlich nicht mehr interessiert.«

»Können Sie mir das bitte näher erläutern? Dann lassen wir Sie auch in Ruhe, versprochen.«

»Er fragte mich nach einem Datum ... der vierzehnte. Ob da mein Boot im Hafen gelegen hätte. Aber da war ich für vier Tage mit Jenny auf Hochzeitstagsfahrt in Catalina Island. Dieser Platz war verdammt noch mal leer!«

»Und da ist der Mann wieder gegangen?«

»Augenblicklich. So, war es das?«

»Wir sind Ihnen zu großem Dank verpflichtet«, sagte Justus.

»Schon gut.« Der Bootsbesitzer wandte sich wieder seinem Vorderdeck zu.

Die drei ??? nickten zum Abschied und liefen den Steg zurück.

»Eine schlechte und eine gute Nachricht«, sagte Peter. »Die

schlechte: Sanders ist uns zuvorgekommen. Offenbar hat er sich die richtige Ausgabe des Buchs besorgen können. Die gute: Noch hat er die Skulptur nicht gefunden!«

»Doch wo ist sie dann?«, fragte Bob.

Justus' Hand fuhr zu seiner Unterlippe und zupfte daran. Das tat er, ohne es wahrzunehmen, immer dann, wenn er angestrengt überlegte. Plötzlich blieb er stehen. »Nun«, sagte er, »auch wenn es eigentlich ein Ding der Unmöglichkeit ist, aber ich könnte mich doch geirrt haben. Vielleicht hab ich die beiden Ziffern vertauscht. Oder mir eine falsche gemerkt. Aber dann ...«

»... dann wäre Sanders ja nicht ebenfalls zur 47 gelaufen«, sagte Bob.

»Also habe nicht ich den Code verändert, sondern der Bote«, schloss Justus. »Entweder unabsichtlich oder wissentlich, um selbst an die Beute zu kommen.«

»Mal angenommen, er hätte die Ziffern in der Eile einfach vertauscht«, sagte Bob, »dann wäre die 74 die richtige!«

Vor Begeisterung schlug Justus Bob so fest auf die Schulter, dass er fast ins Hafenbecken gefallen wäre. »Rubbish George!«, rief er aus. »Der hat diesen Liegeplatz!«

Ein alter Freund hat etwas zu sagen

Die drei ??? rannten den Steg zurück und eilten zur letzten Anlegerreihe, die in den hinteren Teil des Hafens führte. Hier lagen die älteren Schiffe, die kaum noch fortbewegt wurden. Logisch, dachte Justus, dass sich Brad Cole diese Ecke für sein Versteck ausgesucht hatte. Hier war das Risiko geringer, beobachtet zu werden, weil weniger Menschen unterwegs waren. Gleichzeitig war die Wahrscheinlichkeit hoch, dass das Boot noch im Hafen lag, wenn er die Beute zurückhaben wollte. Trotz allem blieb es aber ein Versteck auf Zeit.

Sie erreichten den Steg und liefen auf das Schiff von Rubbish George zu. Es war das klapprigste von allen hier.

Der bärtige Mann saß auf einer rostigen Liege und ließ sich den Wind durch die graugelben Haare streichen. Er hatte einen Becher Kaffee in der Hand und neben ihm lag ein aufgeschlagenes Buch. »Ah, meine kleinen Detektive, schön, dass ihr euch mal wieder um euren alten Freund kümmert.«

»Dürfen wir?«, fragte Justus und zeigte auf das Boot.

»Raufkommen? Aber klar! Einen Kaffee könnt ihr auch kriegen. Bedient euch in der Kajüte, wenn euch die Unordnung nicht stört ...« Er kicherte in sich hinein. »Ihr habt doch bestimmt was auf dem Herzen?«

Die drei ??? sprangen auf das Schiff.

»War heute schon jemand hier?« Der Zweite Detektiv setzte sich mangels anderer Sitzgelegenheiten neben Rubbish George auf einen wirr zusammengelegten Seilhaufen. »So vor etwa einer Stunde?«

»Ihr seid wie immer – Eile, Eile, Eile«, sagte Rubbish ruhig. »Ihr verpasst doch das Beste vom Leben! Die Sonne wärmt, es duftet wunderbar nach Meer, eine feine Brise weht um meine Nase, durchsetzt mit einem Hauch Kaffee, dazu ein gutes Buch …«

Justus kannte die Tour. Zwar hatte Rubbish George gar nicht mal unrecht, doch gerade hatten sie nun wirklich keine Zeit und dieses Gespräch würde unweigerlich zu einer Situation führen, wo es Informationen nur gegen Geld gab. »Wie viel?«, fragte der Erste Detektiv deshalb, um die Prozedur abzukürzen. »Zehn Dollar?«

Rubbish grunzte und schüttelte den Kopf. »Freunde, Freunde«, sagte er, »als ob es mir nur ums Geld ginge …« Er kratzte sich am Hinterkopf. »Wie wäre es zur Abwechslung damit, dass ihr mir beim Schiffsputzen helft? Wisst ihr, Sachen bleiben liegen, der ganze Abwasch, und dieses Salz in der Luft, das alles so klebrig macht, und auch der Motor müsste mal überholt werden. Wenn man sich nicht kümmert und kümmert und kümmert …«

»Das erinnert mich alles sehr an Tante Mathilda«, sagte Bob.

Justus nickte. »Aber was bleibt uns anderes übrig.«

»Versprochen?«, fragte Rubbish George.

»Versprochen!«, sagte Justus. »Morgen fangen wir an. Dürfen wir uns heute schon einmal den Motor anschauen?«

»Wieso?«, fragte Peter. »Damit du weißt, welches Putzzeug du mitbringen musst?«

»*Kraftraum*«, sagte Justus leise. »Erinnere dich an die Botschaft. Vielleicht der Begriff für *Motorraum*.«

»Da brauchst du nicht nachzuschauen …«, begann Rubbish.

Doch Bob, der Justus' Bemerkung mitgehört hatte, war bereits auf dem Weg nach vorne. »Bitte!«

»Geht auch ganz schnell«, ergänzte Peter und folgte dem dritten Detektiv. »Nur ein Blick!«

Belustigt sah Rubbish von seinem Becher auf. »Na, wenn ihr meint.«

Geschickt drängte sich Justus an Peter und Bob vorbei. Er wollte der Erste sein, wenn sie das Kunstwerk fanden. Außerdem hatte er ja die Idee mit dem Kraftraum gehabt. Auf dem Vorderdeck angekommen kniete er sich neben das Schutzdach und hob es an. Es ging erstaunlich leicht auf. Innen war alles dunkel. Es roch nach altem Öl und Diesel. Trotzdem streckte Justus seinen Kopf in die Öffnung und tastete mit einer Hand die Wände und den Motor ab. Doch da war kein Päckchen mit einem Gegenstand. Entweder hatte er sich getäuscht oder ... Ein schrecklicher Gedanke kam in ihm hoch. Rubbish George hatte die Frage nach dem anderen Mann nicht beantwortet! Waren sie etwa zu spät? Er zog Kopf und Arm wieder aus dem Loch heraus. Seine Hand war schwarz wie die Nacht. Sie roch nach alter dreckiger Schmiere. Doch das war ihm jetzt egal. »Da muss ein Päckchen gewesen sein!«, rief der Erste Detektiv nach Achtern.

Rubbish George hatte sich keinen Millimeter von seiner Liege wegbewegt. »Ich weiß«, sagte er ruhig. »Aber ihr lasst einen ja nicht ausreden.«

»Das Päckchen war also da?«, rief Bob.

»Natürlich«, sagte Rubbish George und nahm genüsslich einen Schluck Kaffee. »Ich habe es selbst herausgeholt.«

»Du?«, fragte Justus überrascht. »Wann?«

»Na, vorgestern. Ich habe versucht, den Motor anzubekommen. Da habe ich es gefunden. Ihr seid übrigens nicht die Einzigen, die sich hier heute unnötig die Finger schmutzig gemacht haben.«

»Wo ist das Päckchen?«, fragte Justus begierig. Ihm war längst aufgefallen, dass in dem Buch, das Rubbish las, als Lesezeichen ein Zwanzig-Dollar-Schein steckte. »Hast du es etwa dem Mann verkauft, der vorhin hier gewesen sein muss?«

»Ach, meine Freunde. Fragen über Fragen. Ich denke, wir reden allmählich über *zwei* Tage Bootsputzen, nicht wahr?«

»Einer«, sagte Peter.

»Drei«, lächelte Rubbish George.

»Also gut, zwei!« Die gemächliche Art des Stadtstreichers machte Justus schier verrückt. »Und den Bootsmotor kriegen wir auch wieder hin. Alles versprochen! Aber was ist mit dem Päckchen?«

»Päckchen, Päckchen ... Ihr wisst es doch ganz genau: So ein Dekoteil war da drin. Eingewickelt in ein großes Tuch.«

Justus war wie elektrisiert. »Hast du es dem Mann gegeben? Oder hängt es hier irgendwo? Auf dem Schiff? In der Kajüte?«

»Es hat mir nicht gefallen«, sagte Rubbish. »So ein Zeug stelle ich mir nicht hin.«

»Zu modern, das Füllhorn, nicht wahr?«, rutschte es Bob heraus.

Rubbish George lachte. »Alles eine Frage des Geschmacks. Nun, ich habe es zu Geld gemacht.«

Justus überraschte das wenig, aber er hatte mehr als gehofft, dass sich seine Vermutung als falsch erweisen würde. »Du hast es also dem Mann verkauft«, sagte er konsterniert. »Hat er gesagt, wo er von hier aus hinwollte? Vielleicht können wir ihn noch einholen!«

Rubbish George sah Justus an und schmunzelte. »Ich hätte den Deal offenbar mit ihm machen sollen, wenn das Teil so wertvoll ist. Könnt mich echt ärgern! Aber nein. Als er kam, da hatte ich es schon nicht mehr. Es befindet sich ganz in eurer Nähe.« Amüsiert nahm Rubbish George die überraschten Mienen der drei ??? zur Kenntnis und fügte hinzu: »Wo bringt man denn in Rocky Beach etwas hin, wenn man es loswerden möchte, Justus? Du wirst es nicht glauben. Dein Onkel Titus hat mir das Ding abgekauft!«

Vollalarm

Diese Nachricht musste Justus erst einmal verkraften. Die Skulptur, die sie suchten, war also auf dem Schrottplatz. Und sie hatten es nicht gewusst. »Wieso haben wir von deinem Besuch nichts mitbekommen?«, fragte der Erste Detektiv.
Rubbish George legte den Kopf schief. »Du kannst doch nicht überall dabei sein, Justus! Ihr wart einfach gerade nicht vor Ort. Keine Ahnung warum. Vermutlich habt ihr bis zum Hals in einer eurer Geschichten gesteckt.«
Das war alles mehr als ärgerlich. Justus sah zu dem Zwanzig-Dollar-Schein, der in Rubbishs Lektüre steckte. »Lass mich raten. Diese Information hast du vorhin auch dem Mann verkauft!«
Rubbish George wand sich. »Ich hätte es nicht getan, wenn ich gewusst hätte, wie wichtig das für euch ist. Ehrlich! Tut mir leid.«
»Und für diese schlechten Nachrichten sollen wir dir nun zwei Tage lang das Boot sauber machen«, raunzte Justus.
»Versprochen ist versprochen!«, rief Rubbish. »Und außerdem helfe ich euch dabei.«
»Ich kann mir schon vorstellen, wie die Hilfe aussieht«, sagte Peter. »Wir schuften und du sitzt mit einem Tässchen Kaffee im Liegestuhl und kommandierst uns herum.«
»Falsch«, sagte Rubbish George und grinste. »Mit einem großen Becher.«
Justus hatte derweil sein Handy gezückt und versuchte, seinen Onkel anzurufen. Auf keinen Fall durfte Sanders an die Skulp-

tur kommen! Hoffentlich war es nicht schon zu spät. Doch auf dem Schrottplatz ging niemand ans Telefon. »Los«, entschied der Erste Detektiv, »wir fahren hin, und zwar so schnell es geht! Kannst du den Mann beschreiben, Rubbish?«
Der Mann stöhnte auf. »Ich wisst doch, darin bin ich gar nicht gut … Ein Weißer. Männlich. Schwarzes Haar. Um die fünfzig. Weißes Hemd.«
»Weißes Hemd? Sicher?« Den Kerl hatte Justus doch am Schrottplatz gesehen!
»So sicher, wie ich Rubbish George heiße.«
»Danke«, sagte der Erste Detektiv frustriert. Auch wenn sie sich beeilten, war es unwahrscheinlich, dass sie den Mann noch erwischten. Selbst wenn Onkel Titus ihn in ein Gespräch verwickelt hatte, was er mit Kunden immer gerne tat. Ob diese wollten oder nicht.
»Also bis morgen«, sagte Rubbish George, nahm sein Buch und blätterte es auf. »Ich hoffe, ihr bringt dann mehr Zeit für mich mit!«
Justus' Ärger über den alten Mann war schon wieder verflogen. Schließlich konnte er nichts dafür, wie die Sache gelaufen war.
»Ja. Bis morgen, Rubbish«, rief er und sprang an Land.

Wenige Minuten später bretterte Peter mit seinem MG in den Innenhof des Schrottplatzes. Jetzt wurde den drei ??? klar, warum Onkel Titus das Telefon nicht gehört hatte: Mit einer Kreissäge zerlegte er gerade einen ganzen Stapel Regalböden. Und Tante Mathilda assistierte ihm dabei.
Doch von einem Mann im weißen Hemd war keine Spur zu sehen.

Peter bremste so scharf ab, dass der Kies wegspritzte, und die drei ??? stiegen aus dem Wagen.

Titus stellte die Säge aus. »Was ist denn bloß in euch gefahren?«, rief er. »Hier geht es ja zu wie in einem Kinofilm!«

Tante Mathilda schob ein Brett auf den Sägetisch. »Bei so viel überschüssiger Energie könnten die drei Herren mich glatt ablösen.«

»Onkel Titus«, rief Justus und lief zu ihm, »wir suchen eine Statue.«

»Nie um eine Ausrede verlegen«, kommentierte seine Tante kopfschüttelnd.

Doch Justus ließ sich nicht beirren. »Eine kleine Skulptur. Gold, mit Icons bedruckt, plastiküberzogen. Sehr wertvoll. Von Giaccomo Klein, genannt *Füllhorn der Moderne.*«

»Ich besitze keine goldene Figur, die aussieht wie ein Füllhorn.«

»Ahh ...« Justus zwang sich, ruhig zu bleiben. »Rubbish George hat sie dir verkauft«, setzte er hinzu. »Erst vor wenigen Tagen!«

»Ach, *das* Ding meinst du!« Mr Jonas lachte. Und lachte. Er konnte kaum mehr aufhören zu lachen.

Selbst seine Frau sah ihn irritiert an. »Soll ich dir Beruhigungstropfen holen?«, fragte sie fürsorglich.

»Nicht nötig«, prustete Mr Jonas. »Aber das ... wie nennt ihr es? ... das *Füllhorn,* das habt *ihr* doch!«

Nun verstand Justus gar nichts mehr. »Wir?«, fragte er ungläubig.

»Aber ja! Das heißt, ihr habt es der Kommissarin geschenkt.«

»Wie bitte?«, ging Mrs Jonas dazwischen. »Dieser aufdringlichen Person in den kanarienbunten Klamotten? Die dich vorhin so offensichtlich angeflirtet hat? Ich habe alles mitbekommen!« Sie räusperte sich vernehmlich. »Und solch einer Dame habt ihr ein Kunstobjekt aus *unserem* Wertstoffhandel mitgebracht?«

»Ja.« Titus nickte. »Sie hat es mir selbst erzählt! Aber es erstaunt mich doch sehr, Justus, dass du eine so billig gemachte Dekovase als wertvolle moderne Kunst bezeichnest! Und golden war die auch nicht, wenn ich mich nicht irre.«

Justus brauchte nur wenige Sekunden, bis er den Zusammenhang hergestellt hatte. »Die Kunstdiebe haben also zur Tarnung ihrer Beute in der Autowerkstatt einfach ... Farbe darübergespritzt!« Er wandte sich an Peter und Bob, die neben ihm standen wie bestellt und nicht abgeholt. »Nämlich das entsetzliche Pink mit dem roten Herzchen! Deshalb konnte Sanders auch ziemlich sicher sein, dass Mrs Merryweather nicht im Besitz des *Füllhorns der Moderne* war, als sie das ihm gegenüber behauptet hat. Denn sie hätte natürlich triumphierend erwähnt, dass die Skulptur überspritzt worden war.«

»Du meinst, unter dem Pinküberzug steckt die wertvolle gestohlene Skulptur?«, fragte Peter nach.

»Ja. Und niemand von uns hat es überprüft, da keiner den Zusammenhang hergestellt hat.«

»Ich verstehe gar nichts mehr«, sagte Tante Mathilda. »Vor allem interessiert mich, warum ihr dieser aufgedonnerten Dame ein Geschenk mitbringen müsst! Und ich lasse es euch auch noch billiger!«

»Zwei Dollar«, sagte Justus. »Nicht viel für eine Giaccomo-Klein-Figur.«

»Für die ich noch zehn bezahlt hatte«, sagte sein Onkel.
»Und die wahrscheinlich eine Million wert ist«, ergänzte Justus. »Aber ich bin doch nicht der Einzige, der heute nach der Skulptur gefragt hat, Onkel Titus?«
»Da war ein Mann da, vor gut einer Stunde.«
»Im weißem Hemd.«
»Ja – den kennst du also auch?«
»Roderick Sanders. Das war einer der beiden Kunstdiebe. Der andere steckt im Gefängnis. Was hat er zu dir gesagt?«
»Er sei auf der Suche nach bunten Dekoteilen für das Zimmer seiner Tochter. Ob ich so etwas hätte. Ich zeigte ihm allerhand aus meinen Kisten, aber nichts, was seinen Gefallen fand. Und dann ist er wieder gegangen.«
»Einfach so?« Justus bohrte nach. »Hat er dich nicht direkt nach einer pinkfarbenen Vase gefragt?«
»Das musste er nicht«, sagte Onkel Titus leicht geknickt. »Ich habe ihm erzählt, dass ich bis gestern eine knallige Vase mit rotem Herz dagehabt hätte. Die aber nun leider bei einer Kommissarin auf der Polizeiwache von Rocky Beach stehen würde. Justus, ich wusste ja nicht …«
»Schon gut«, sagte Justus. Es hätte schlimmer kommen können. Auf der Wache stand die Vase erst einmal sicher. Für eine Weile zumindest. Einen kurzen Moment lang musste der Erste Detektiv sogar grinsen.
»Was ist, Just?«, fragte Bob.
»Sanders kann einem fast leidtun«, sagte Justus und verbesserte sich sogleich. »Nein, natürlich nicht, nach allem, was er uns angetan hat. Aber stellt euch die Geschichte aus seiner Perspektive vor: Du entwendest ein Kunstwerk und entkommst.

So weit, so gut. Doch dann spürt dich die Polizei auf. Du entkommst erneut, aber dein Komplize nicht. Ihm gelingt es jedoch, die Beute vor seiner Verhaftung zu verstecken. Und er kann dir sogar eine codierte Nachricht über das Versteck zukommen lassen. *Na also*, denkst du. Doch leider brauchst du zur Entschlüsselung ausgerechnet eine Kommissarin. Du lockst sie also an einen abgelegenen Ort. Den Bunker. Doch statt ihrer musst du dich mit drei Detektiven rumschlagen. Schließlich kommt sie doch noch. Und hat sogar das Buch für den Code dabei. *Endlich*, denkst du. Doch leider ist es die falsche Ausgabe. Dir gelingt es, an das richtige Buch zu kommen. *Jetzt aber*, denkst du. Doch leider hat die Botschaft einen Fehler und führt dich zu einem falschen Ort. Dir gelingt es, die richtigen Schlüsse zu ziehen, und du findest Rubbish George. *Treffer*, denkst du. Reibst dir die Hände. Doch leider hat der die Skulptur bereits verkauft. Du bekommst heraus, wer sie gekauft hat. *Jetzt habe ich es*, denkst du. Aber potzblitz! Das Objekt der Sehnsucht ist schon wieder weg! Und befindet sich zu allem Unglück auf der Polizeiwache. Bei der Kommissarin. Schlimmer kann es doch wohl kaum kommen!«

»Ich würde sofort den Beruf wechseln«, grinste Peter.

»Nee, ich würde vor allem nicht aufgeben«, sagte Bob, »und mir das Ding trotzdem holen!«

Kaum hatte er das gesagt, raste ein Polizeiwagen mit eingeschalteter Sirene am Hoftor vorbei.

Abführen!

»Da muss etwas passiert sein!«, rief Justus und zückte sein Telefon. Inzwischen waren auch mehrere andere Signalhörner von Polizeiwagen zu hören, weiter entfernt. Die ganze Stadt schien in Aufruhr zu sein. Justus trat ein paar Schritte zur Seite und tippte auf das Display.

»Stell bitte laut«, sagte Bob, der mit Peter hinterhergekommen war.

»Merryweather«, klang es aus dem Lautsprecher.

»Kommissarin, hier spricht Justus Jonas.«

»Ach, du bist es. Ich stehe gerade am Hafen. Anlegeplatz 47. Und ich musste erfahren, dass ihr bereits hier gewesen seid! Erzählt mir also bitte bei Gelegenheit, was ihr herausgefunden habt. Aber nicht jetzt. Im Juweliergeschäft wurde ein Alarm ausgelöst!«

»Mrs Merryweather, wir sind in der Tat einen bedeutenden Schritt weiter und ...«

»Hast du nicht verstanden? Nicht jetzt! Eben kommt die Meldung rein, dass es auch in der Bank einen Einbruch gibt. Mir scheint fast, dass da, wo ich bin, das Chaos ausbricht! Selbst in diesem beschaulichen Ort ... Ja, ich komm ja schon, Officer!«, rief sie genervt jemandem zu und unterbrach die Verbindung.

Justus steckte das Handy ein und sah von Bob zu Peter. »Wir denken alle dasselbe, oder?«

Seine beiden Freunde nickten.

»Die Polizei zieht alle Kräfte im Stadtzentrum von Rocky

Beach zusammen«, sagte Bob. »Die Einbrüche müssen vorgetäuscht sein, Ablenkungsmanöver von Sanders. Damit er in die Polizeiwache marschieren und sich die Beute holen kann.«

»Aber menschenleer wird die Polizeistation trotzdem nicht sein«, überlegte Peter. »Höchstens schwach besetzt. Einfallen lassen muss er sich also trotzdem was.«

»Und er rechnet vermutlich nicht damit, dass wir mit ihm rechnen«, überlegte Justus mit einem Seitenblick auf Tante Mathilda, der es zunehmend suspekt erschien, dass sich die drei Jungen plötzlich so leise unterhielten. »Anders gesagt: Er ahnt nicht, dass wir ihm so dicht auf den Fersen sind.«

Bob zwinkerte kaum merklich Mr Jonas zu, der offenbar mehr Verständnis für die drei ??? hatte und seine Frau sanft in Richtung Haus schob. Vielleicht hatte Justus' Onkel auch ein schlechtes Gewissen wegen der weitergegebenen Information über die wertvolle Skulptur. Dann sagte der dritte Detektiv: »Aber Sanders hat uns wiedererkannt, als wir vorhin vom Schrottplatz weggefahren sind. Justus, du hast gesagt, er hätte ganz schnell den Blick abgewendet. Sanders weiß also, dass wir uns befreit haben.«

»Und wenn schon«, sagte Peter. »Sanders hat keinen Schimmer davon, dass wir ihn im Bunker abgehört haben und dass sich Justus den Code gemerkt hat! Und dass wir genauso weit sind wie er!«

»Und seinen Namen kennen. Auch das sollte ihn gegebenenfalls überraschen«, setzte Justus hinzu. »Aber vor allem lebt er in dem Glauben, dass wir die Vase für ein billiges Dekoteil und nicht für einen Giaccomo Klein halten.«

»Und das bedeutet?«, fragte Peter.

»Roderick Sanders dürfte uns unterschätzen«, rief Justus. »Auf zur Polizeiwache!«

»Sollen wir nicht besser die Kommissarin informieren?«, fragte Peter.

»Das wollte ich ja! Aber sie hat einfach aufgelegt«, antwortete Justus. »Außerdem ist sie bei ihren Ermittlungen erst bei *Platz 47* angelangt. Bis wir ihr den Rest erklärt haben, hat Sanders sich seine Beute längst geholt.«

Sie sprangen in Peters MG und fuhren wieder vom Schrottplatz. Auf dem Weg zur Wache begegneten ihnen mehrere Polizeiwagen mit Blaulicht. Offenbar hatte Sanders ganze Arbeit geleistet. »Sowohl als Makler als auch als Einbrecher kennt er sich mit Alarmanlagen aus«, sagte Bob und blickte einem der vorbeirasenden Fahrzeuge hinterher.

Beim Police Department stellten die drei ??? ihren Wagen kurzerhand auf einen der Parkplätze, auf denen sonst die Streifenwagen standen. Sie verließen das Auto und sahen sich um. Passanten waren kaum unterwegs. Ein kleiner Sportwagen parkte in der Nähe.

»Ob das das Auto von Sanders ist?«, fragte Peter.

Justus notierte sich sicherheitshalber das Kennzeichen. Dann ging es im Laufschritt in die Wache.

Hinter dem Empfangstresen begrüßte sie Officer Brown. »Wenn ihr die Kommissarin sucht, die ist nicht da«, grinste er. »Sie hat drei Einsätze gleichzeitig und ist auch noch in eurer Sache unterwegs. Tja, doch ganz schön aufregend, unser verschlafener Küstenort ...«

»Wir vier wussten das ja schon länger«, sagte Justus und zwinkerte ihm zu. »Aber eine andere Sache: Wir haben etwas im

Büro von Mrs Merryweather vergessen, das wir dringend sicherstellen müssen. Dürfen wir?« Justus machte Anstalten, in den Flur mit den Büros zu laufen.
»Halt!«, rief Brown. »Bei allem Respekt für eure Detektivarbeit, aber das kann ich nicht zulassen.«
»Es ist wirklich sehr wichtig, Sir!«
»Nein. Und was ich noch sagen wollte: Wenn ihr mich noch einmal bei ihr verpetzt, von wegen Panne bei ihrer Verfolgungsjagd und so, dann braucht ihr euch hier nicht mehr blicken zu lassen! Sie stellt mich seitdem komplett kalt, hat mich nicht einmal zu den Notrufeinsätzen mitgenommen, sondern lässt mich hier Wache schieben!«
»So können Sie auch eine viel entscheidendere Rolle übernehmen«, sagte Justus. »Wollen Sie uns nicht begleiten?«
»Ich kann doch hier nicht weg. Ich bin allein. Außerdem ist ohnehin gerade jemand in ihrem Büro.«
Justus erstarrte. »Wie bitte?«
»Und wer?«, fragte Bob und sah in den Gang. Täuschte er sich oder hatte sich kurz die Tür von Mrs Merryweathers Büro geöffnet? Als ob jemand einen Blick rauswerfen wollte!
Officer Brown hatte es nicht bemerkt. »Ein Kollege der Kommissarin aus Los Angeles, den sie zu Hilfe gerufen hat. Sie hat irgendetwas vergessen und er soll es ihr zum Einsatz bringen. Ein Notizbuch oder so was.«
»Sanders!«, sagte Peter.
Officer Brown schüttelte den Kopf. »Nein, Miller heißt er.«
Justus senkte die Stimme. »Er heißt Sanders. Und ist ein *falscher* Polizist. In Wirklichkeit handelt es sich bei ihm um den gesuchten Kunsträuber!«

Officer Brown sah Justus an, als wäre dieser vollkommen übergeschnappt.

»Und die gestohlene Skulptur ist die pinkfarbene Vase auf dem Schreibtisch der Kommissarin«, flüsterte Bob. »Wir müssen sie holen!«

Der Polizist schüttelte den Kopf. »Nein«, sagte er langsam, »nein … ihr wollt mich doch reinlegen. Das ist nicht fair, Jungs!«

»Haben Sie die Angaben des Polizisten überprüft?«, fragte Justus.

»Es war sehr eilig. Miller nannte sie *Lisa* und wusste Details über ihr Department aus L.A., außerdem …«, Brown lächelte, »… bedauerte er mich, dass sie mich heute Morgen auf der Wache allein gelassen hat. So sei sie immer, sagte er, wie ein Schmetterling und nie ganz zu greifen. Ganz sicher ist er ihr Kollege!«

»Er hat die Angabe des Departments von dem Typ mit dem Toyota«, sagte Justus. »Den Rest hat er belauscht.«

»Das denkst du dir doch gerade aus«, sagte der Officer, wirkte aber nicht mehr ganz so überzeugt.

Justus überlegte. Die Fenster der unteren Büros waren alle vergittert. Sanders saß in der Falle. Aber da der Dieb davon ausging, dass die drei ??? ihn nicht kannten und auch nichts von der Skulptur wussten …

Während Justus noch nachdachte, wurde mit Schwung die Tür von Mrs Merryweathers Büro aufgestoßen. Ein Mann in Polizeikleidung eilte heraus. Entschlossen schritt er den Gang entlang. Unter seinem linken Arm klemmte eine Schachtel. Die rechte Hand spielte mit einem kleinen braunen Notizbuch. Ohne die drei ??? zu beachten, warf er Brown ein Augenzwinkern zu. »Ich habe es gefunden! Lisa wird Ihnen dankbar sein, Officer!«

Nun musste der Mann stehen bleiben, denn an den drei ??? kam er nicht vorbei. Ohne jede Überraschung blickte er sie an. Er hatte seine Mimik offenbar gut unter Kontrolle. »Könnt ihr bitte mal zur Seite gehen?«

Jetzt sahen die drei Detektive ihren Gegner zum ersten Mal von Angesicht zu Angesicht. Ein großer, kräftiger Mann. Auch wenn er deutlich älter war und die Haare kürzer trug als auf dem Zeitungsfoto, war sich Justus sicher, Roderick Sanders vor sich zu haben.

»Nein«, sagte Justus. »Erst, wenn Sie mir die Schachtel mit der Skulptur geben.«

Ein Zucken ging um Sanders' Augen. »Was soll das?«, fragte er mit einem hilfesuchenden Blick zu Officer Brown. Doch der schluckte nur.

Justus sagte: »Kunstdiebstahl, Freiheitsberaubung von drei Jugendlichen sowie einer Polizistin, bitte verhaften Sie diesen Mann, Officer Brown.«

Roderick Sanders schüttelte unwirsch den Kopf. »Nun lasst mich durch, ich habe keine Zeit für diesen Quatsch. Draußen geht die Post ab!«

Doch die drei ??? wichen nicht von der Stelle. »Officer Brown?«, fragte Justus nach.

»Sie glauben doch nicht diesen drei Halbstarken!«, wandte Sanders sich jetzt ebenfalls an den Officer. »Passen Sie auf, was Sie tun! Das kann Sie teuer zu stehen kommen!«

Brown bekam einen roten Kopf und druckste herum.

Jetzt hatte Justus genug. »Geben Sie auf! Schluss mit der Maskerade. Wir wissen, wer Sie sind, Mr Roderick Sanders!«
So schnell, dass die drei ??? nicht reagieren konnten, stieß der Verbrecher Justus auf Peter, der hintenüberfiel und heftig gegen die Wand prallte. Fast gleichzeitig erhielt Bob einen Ellenbogenstoß in die Magengegend. Sanders sprang durch das Knäuel hindurch und hechtete zum Ausgang. Jetzt kam endlich auch Officer Brown in Bewegung und lief um die Theke an ihnen vorbei. Doch Sanders war bereits nach draußen verschwunden. Die drei ??? hörten einen Aufschrei, dann polterte etwas, begleitet von einem lauten Fluch.
Sie rappelten sich hoch und rannten zur Tür. Dort bot sich ihnen ein überraschendes Bild. Sanders lag mit dem Bauch auf dem Boden. Lisa Merryweather kniete auf ihm. Flankiert von zwei Polizisten, einer davon Officer Brown, legte sie Sanders gerade die Handschellen an.
»Der hat mich einfach umgerannt!«, sagte sie, immer noch ein wenig baff. »Aber dann halt so …« Sie sah die drei ??? an. »Wo kommt ihr denn schon wieder her?«
Justus schritt nach draußen und nahm die Schachtel des Mannes auf, die auf der Straße lag. »Dasselbe könnte ich Sie fragen. Ich dachte, Sie seien im dreifachen Außeneinsatz!«
»Nur lauter eingeschmissene Scheiben, reine Zerstörungswut. Ablenkung. Ich habe mit deinem Onkel telefoniert. Da wurde mir alles klar. Das ist also der Mann, der uns gefangen gehalten hat?«
»Ja«, sagte Justus, »Roderick Sanders.«
Sie zeigte auf die Schachtel. »Und das ist das *Füllhorn der Moderne*?«

Justus trat zu Peter und Bob und gemeinsam öffneten sie den Karton. Vorsichtig zog der Erste Detektiv die Vase aus einem Tuch heraus. Da war sie. Pink, mittendrauf ein rotes Herz.

Justus hielt sie vor sich und kratzte mit dem Daumennagel leicht an der Unterkante der Skulptur. Durchsichtiges Plastik kam zum Vorschein. Darunter glänzte es golden.

Ein breites Lächeln lief über das Gesicht der Kommissarin. »Los, Officer, sprechen Sie den üblichen Text!«

Brown stellte sich vor Sanders. »Sie haben das Recht zu schweigen. Alles, was Sie sagen, kann und wird vor Gericht gegen Sie verwendet werden. Sie haben das Recht, zu jeder Vernehmung einen Verteidiger hinzuzuziehen. Wenn Sie sich keinen Verteidiger leisten können, wird Ihnen einer gestellt. Verstehen Sie diese Rechte?«

Sanders nickte.

»Abführen!«, sagte Lisa Merryweather.